ようこそ、バー・ピノッキオへ

Pinocchio 目次

ぼくの最高の日

その年のクリスマス・イブ、約束でもあるみたいに定時に退勤して、一年で一番きらびやかな銀座の街には目もくれずに急いだ。道ゆく人、なかでも寄り添うカップルの姿を視界から遠ざけるようにして向かったのは、デパ地下の総菜売り場。ひとりだけのクリスマス・パーティ用の料理を買い求めるためだ。

手間をかけたくなかったので、すべてできあいのものを選んだ。エビとアボカドのゼリー寄せ、彩り野菜のシーザーサラダ、サーモンのロールパイ、デザートは期間限定の苺《いちご》のモンブラン。チキンはもも肉のハーブローストにして、ふだん家では飲まない赤ワインのミニボトルも買い求めた。一緒に過ごす恋人のいない聖夜。今夜だけは、ひとりで外食する勇気が持てなかった。

去年のクリスマス・イブにもこの売り場を訪れた。付き合っていた柴崎祐樹《しばさきゆうき》の部屋で食事をするための買い出しだった。

「ねえ、チキンはどうする？」

スーツの袖を引っ張ると、「今日くらい豪勢にいこうよ」と祐樹は笑った。

「でもこれ、かなりのボリュームだよ」

「だいじょうぶ、二人でがっつけば」

祐樹が言うので、ローストチキンは丸ごと一羽にした。

そんな会話を昨日のことのように思い出す。飲み物はワインのミニボトルなんてけちくさいものには目もくれず、一万円近くするピンク色のシャンパンを二人で選んだ。今思えば幸せであり、どこか滑稽《こっけい》でさえあった。

二人で暮らす日が、そう遠くない未来に訪れる予感すらした。これまで付き合った男のなかで、一番わたしを大切にしてくれた。いろんな意味で自分にはもったいないくらいの人だった。

——それなのに終わってしまった。

別れを切り出したのは彼じゃない。

わたしのほうだった。


小学五年生のときに転校を二度経験した。三月に京都から千葉に移り住み、同じ年の十二月に大阪に越した。母が父方の両親との同居に耐えかねて、ひとりっ子のわたしを連れて千葉の実家に帰ったのだが、父が家を借りることを条件に、大阪で再び一緒に暮らすことになった。一年のうちに二度、学校が変わった。

その転校の理由を詳しく知ったのは、高校生になってからのことだ。両親が離婚して苗字《みようじ》が変わった。わたしは母と再び母の実家で暮らすようになった。

「どうして離婚したの？」

それくらい知る権利はあると思って、夕飯の前に尋ねた。

「いろいろあったの」

母は餃子《ぎようざ》の皮に具を包み込みながらこたえた。

「最大の理由は？」

しばらく黙って手を動かしたあとで、「価値観の相違」と母はそっけなく、けれどきっぱり言った。出しっぱなしになっていた水道の蛇口をキュッと締めるみたいな言い方だった。

──価値観の相違。

それはとてもカタッ苦しくて馴染《なじ》めそうにない言葉のように、当時のわたしには思えた。たとえれば、立ちはだかる金属の高い遮蔽《しやへい》板だ。その遮蔽板はどこまでも続いていて切れ間がなく、向こう側の様子をまったくうかがえない。風景どころか音やにおいさえも遮断されている。そんな感じがした。

「価値観の相違」

母からそう言われ、もうなにも訊《き》けなくなった。

柴崎祐樹と会ったのは、銀座にある老舗《しにせ》の文房具専門店に勤めて五年目のことだ。彼は文具メーカーの営業マンとして、ある日、店を訪れた。

売り場で名刺交換をして挨拶を交わしたあと、祐樹は新製品の筆記具について熱心に説明をはじめた。わたしは商品に値札を貼り付けるハンドラベラーを片手に、おざなりに話を聞いていた。

わたしは店に来る営業マンがあまり好きになれなかった。自分よりどう見ても年配の男が、必要以上に恭《うやうや》しく自分に話しかけるのを不自然に感じたし、そもそも不思議だった。男は営業マンになると、どうしてこんなにも卑屈な態度をとるのだろう。こちらが少し強い調子で質問すれば、叱られでもしたように声を裏返す者さえいた。まるで漫画の世界だ。

父親も営業マンだった。家庭では威厳のある無口な男で通した。嫁と姑《しゅうとめ》の度重なる衝突も対岸で起きているように、我関せずを決め込んでいた。家族の諍《いさか》いにはうんざりしていたが、そんな父の姿は、わたしには男らしく見えた。

それがある日、化けの皮が剝《は》がれた。日曜日の午前中に一本の電話が入ったときのことだ。どうやら父の会社関係の人間からのようだった。電話を切った父は慌てて手帳を取り出し、どこかに電話をかけた。電話の相手はだれだかわからなかったけれど、父は突然饒舌《じょうぜつ》な商人に一変して、京都弁で喋《しゃべ》り立てた。朝食のときには、ひと言も口をきかなかったくせに、背中をまるめ、何度も電話機に向かって頭を下げていた。その姿を隣の和室から眺めていたわたしは幻滅した。こういうのを学校の先生がなってはならないと注意した、裏表のある人だと子供心に思った。

第一印象の祐樹には、なぜかそういうところがなかった。言ってみれば営業マンらしくない。最初から自然体で話をした。かといって過度に崩れた調子でもない。そこは好感が持てた。

ただ、ときおり説明しているパンフレットから顔を上げ、わたしの顔をちらちら覗《のぞ》く視線が鬱陶《うっとう》しかった。

——なに見てんのよ。

目線で訴えたくなった。

職場ではベテランとなった今は、ときには営業マンに横柄な態度をとっている自分を感じる。働きはじめた頃はこうじゃなかった。でもこうなったのは、自分のせいだけじゃない。

勘ちがいをさせる営業マンにだって責任はある。忙しい合間に、客がレジの前で行列をつくっているというのに、話しかけてくる困った営業マンもいる。そんな輩《やから》に、いつでもいい顔をするわけにはいかない。

店の担当者のなかには、立場を利用して営業マンに取り入る者もいた。商品のサンプルを特別にもらったり、食事をおごらせたりしている。わたしはそういう行為に興味はなく、親睦を図るためとされる飲み会にも滅多に顔を出さない。そのせいか逆に店のなかでは少々浮いた存在かもしれない。もっとも子供の頃からそんな傾向はあったような気がする。

祐樹が営業マンとして二度目に店を訪れたときのことだ。

「倉澤奈穂《くらさわなほ》さん、でよかったですよね？」

前回名刺交換をすませたというのに、わざわざ確認された。

「は？」

「あっ、柴崎です……」

思わずわたしは眉をひそめた。

祐樹は一瞬ひるみ、「いえ、なんでもないです。また来ます」と言って退散してしまった。

営業マンなんてやっぱりみんな同じか、と少しがっかりした。

祐樹は人に疎まれる顔立ちではなかった。むしろその逆で、端整と言えば褒めすぎだが、人好きのする顔をしていた。そのせいか別のフロアで働く女性店員たちの評判は悪くなかった。頻繁にわたしを訪れるようになったら、やっかむ若い子すら出てきた。店に姿を現せば、愛想がよいわけではない自分に必ず声をかけることを、わたし自身不思議に思った。

とはいえ祐樹は、商品である文房具の解説を長々とする退屈な営業マンだった。担当になって半年ほどが過ぎた頃、少しは軽口も叩《たた》くようになったが、それでも最初の印象から大きく外れる行動はとらなかった。わたしはあくまでほかの営業マンと同じように接した。

ある日、文具の商品開発について知恵を貸してほしいと祐樹に食事に誘われた。それまでにも出入りの営業マンから何度か誘いを受けたことはあったが、めんどうくさそうで二人だけで会ったりはしなかった。

口実はもっともらしかったが、なにかあると訝《いぶか》った。ときおり感じる自分に対するある一定の好意は、いかなる動機からくるものなのか、たしかめたい気もした。意地悪な言い方をすれば、化けの皮を剝がしてみたくなった。

銀座ライオンで落ち合い、お疲れさまの乾杯のあとで、「来月から商品開発部に移ることになりました」と祐樹は言った。誘いの文句は満更嘘《うそ》でもなさそうだった。

「へえ、そうなんだ」

わたしは少々動揺した。

「だから、営業マンとしてお店にお邪魔するのは、次が最後になります」

「そっか、さびしくなりますね」

真面目《まじめ》な仕事ぶりには好感を持っていたから、素直に口にした。

「ぼくもです」

祐樹は言うと口元を引き締めた。

「でも、よかったかも」

わたしは口を滑らせた。

「え？」

驚いた表情で訊き返された。

「いえ、柴崎さんって、ほかの営業マンの方とは、なんかちがってたから」

「ちがいますか？」

今度はわずかに頬《ほお》をゆるめた。

「これは褒め言葉と思って聞いてほしいんですけど、営業にはあまり向いてない気がします」

「向いて、ませんか……」

祐樹はうなだれた。

気まずさを振り払うために、わたしはハーフ&ハーフをぐいっと飲んだ。

「ですよね、ぼくも内心そう思ってます」

祐樹はジョッキの取っ手を握ったまま虚《うつ》ろな目をした。

「わたしね、正直言うと営業の男の人って苦手なんです。仕事だからしかたないんでしょうけど、どっか芝居がかってる感じがして、口が上手でしょ。それでいて本音は隠しているみたいな気がして疲れるんです」

そんな話を他人にするのは初めてだった。

「口先だけ、みたいなことですか？」

「というか、表と裏の顔があるみたいで。もちろん、そうしたくてしてるわけじゃないのかもしれないけど」

「じゃあ、倉澤さんはどんな人が？」

「どんな人？」

「理想の男性のタイプです」

祐樹は真顔だった。

自分はそんな話をしているつもりはなかったけれど、少し考えたあとでこたえた。

「変わらない人かな」

「変わらない、人？」

「そう。態度や考えがコロコロ変わる人は、ちょっとね」

「なるほど」

祐樹はうなずいた。

「それから、自分と価値観の近い人」と付け加えた。

「価値観の近い人か。でもそれって、なかなか難しい気がするな」

「どうして？」

「だって価値観が近いか、どうやって見極めるつもり？」

「たしかにね」

母と父のことを考えた。二人とも結婚するときは、お互いの価値観に大きな問題があるとは思ってもみなかっただろう。わかっていれば、一緒にはならなかったはずだ。

「長く付き合ってみれば、わかるかなぁ」

祐樹は言った。

「長くって、どれくらい？」

「どうだろう、二年くらいとか」

自信なさげな声だった。

母と父は結婚前に五年付き合った。それでもお互いに気づかなかったのだろうか——。

「価値観も、変わってしまうのかな」

わたしはつぶやいた。

「倉澤さんは、自分と価値観が近くて、変わらない男がいいんですね？」

「まあ、そういうことになるかもしれない」

こたえると、祐樹はなぜだかうれしそうな顔をした。

子供時代に使っていた文房具の話題になると、妙に話が合った。祐樹もシャープペンシル派ではなく、鉛筆が好きだったようだ。当時の文房具事情にひどく詳しかった。文房具に対する慈しみのようなものさえ感じた。

話をしているうちに、お互い同じ年に生まれたことが判明した。てっきり年下だと思っていた。

三杯目のビールを飲み終える頃、「店に行かなくなったら、ぼくなんかすぐに忘れられちゃうんだろうな」と思わせぶりなせりふを吐いた。

「そんなことないと思うよ、うちの店の女の子には、けっこう人気あったから」

「そうですかね」

「たぶんね」

「いや、きっと印象の薄い男なんだ」

祐樹は自嘲《じちょう》を滲《にじ》ませた声で言ってから、わたしを見た。

「だれか気に入った子でも店にいるなら、紹介してあげようか」

視線を一度外して探りを入れたら、露骨にため息をついた。

「倉澤さん、わかってないんだよな」

「あれ、からむ気？」

「強くなったよな、そういうとこ」

祐樹はぽつりと言った。

「どういう意味？」

訊き返しただ、トイレに逃げられてしまった。

しばらくしてテーブルにもどってきた祐樹は、話題を仕事に移した。自分に代わる今度の担当者について語り、最近特に動きの目立つ商品について質問をした。手帳とペンをカバンから取り出してメモをはじめたので、無粋な男だと嫌気が差した。

――飲んでるときくらい楽しめよ。

そう言ってやりたかった。

ただ、会話の節々で、彼の緊張が伝わってきた。店で会っているときにはそれほど感じなかった、奇妙に揺らぐ距離感があった。かしこまって話を聞いているかと思えば、やけにくだけた口調になった。

試しにわざとこちらが目を合わせようとしたら、困ったように視線を逸《そ》らす。そうかと思えば、ときおり遠くを眺めるような目をした。

午後十時をまわった頃、賑《にぎ》やかなビヤホールをあとにした。店の外に出たとたん、「もう一軒行きましょう」とそこはやけに営業マンらしく祐樹は振る舞った。祐樹が飲み代を全額払おうとしたのに、割り勘にしたせいかもしれない。このままでは帰れないと言いだした。

「どこに行くつもり？」

「よく行く店があるんです」

祐樹はこたえ、歩き出した。

連れていかれたのは、六丁目にあるバーだった。重厚な扉を開き、店内に足を踏み入れれば、そこはちょっとした異世界だった。仄暗《ほのぐら》い店内には天井の高さまでの酒棚があり、ランプの灯《とも》された一枚板のカウンターは飴色《あめいろ》に艶《つや》めき、静かに音楽が流れていた。雑誌などでオーセンティックバーと紹介されている部類の店らしい。これまでバーのカウンター席とは縁のない人生を送ってきたわたしだったが、空気の引き締まった店の雰囲気がかなり気に入った。

ビスの打たれた黒革の椅子に腰かけると、黒い蝶ネクタイを締めた若いバーテンダーが前にやって来て、おしぼりを差し出してくれた。カウンターに店の名前の入った白いコースターがさりげなく敷かれた。

なにを注文するか迷っていたら、祐樹にカクテルを薦められた。メニューはなかったため「甘くてフルーティーなやつがいいな」と思いついた希望を口にした。祐樹がカクテルの名前をいくつか挙げてくれ、そのなかから気に入った響きのものを選んだ。祐樹はメーカーズ・マークというバーボン・ウイスキーをオン・ザ・ロックで頼んだ。

「こういう店、よく来るの？」

「この店にしか来ない。会社からわりと近いしね。だれかと来たのはじつに初めて」

「ひとりで来るんだ？」

意外に思って尋ねたら、「一緒に来るような人はいない」と祐樹は自嘲気味に笑った。

「彼女がいない人は、女の子が付く店に行ったりするんじゃないの？」

「先輩のなかには、たしかにそういう人もいるけど、ぼくは行かない」

「どうして？」

「どうしてかな」

首をかしげた。「お金がもったいないし、たぶん落ち着かない」

「でも、そういうのも経験なんじゃない」

「何事も経験だ、なんて無責任に言う人もいるけど、ぼくはそうは思わない。経験しないですめばいいことだって、人生にはいくらでもある。そう思わない？」

頭のなかで自分が経験したいくつかの例を取りだしてから、「たしかにね」とわたしはこたえた。

祐樹は安心したようにうなずいた。

「素敵なお店ね」

「でしょ」

祐樹は誇らしげに続けた。「いつもならもっと早くに来るんだ。まだ混んでない時間帯にね。ぼくの場合、飲んだあとに来ることはあまりない。仕事が終わって、ひとりの部屋にまっすぐ帰りたくないときに、ちょこっとだけ寄ることにしてる」

二人の前に酒が運ばれてきた。

グラスを小さく合わせてから、名前が気に入って注文したカクテルを口にした。

「おいしい、初めて飲んだ」

祐樹はそのシンガポール・スリングというカクテルについて教えてくれた。ベースとなるスピリッツはジン。文豪サマセット・モームに愛されたシンガポールのラッフルズ・ホテルのバーで考案された。その色合いはシンガポール湾の美しい夕焼けを表現しているのだと。

「詳しいのね」

「全部、雑誌の受け売りだよ」

祐樹はあっさり白状した。「サマセット・モームの作品なんて読んだこともない」

わたしが笑うと、祐樹も口元をゆるめた。

黙ってしばらくお酒を楽しんだ。

カウンターに置いたグラスの丸く削られた氷を祐樹は見つめていた。あまり長く動かないから、眠ってしまったのかとさえ思った。

「じつはね、ずっと気になっている女の子がいたんだ」

祐樹は氷に視線を置いたまま言った。

「へえー」

「そう。でも、その人もずいぶん変わった」

「そうなんだ」

なにが言いたいのかわからなかったけれど、曖昧に相づちを打った。

「ところで倉澤さん、独身だよね？」

「あたりまえじゃない」

「最初は結婚してるのかと思った」

「失礼だぞ」

にらんでやった。

「倉澤さんは、さっきの店で変わらない人が理想と言ってたけど、人はだれでも変わるんじゃないかな。むしろ変わらないことのほうが、不自然な気がする」

「もちろんそういう考え方も、あるでしょうね」

こたえると、祐樹はふっと笑った。

「お店には、今度からは客として伺います」

祐樹があらたまって言ったので、「こちらは店員として迎えます。お客さんとの私語は慎まないとね」と応じた。

「それって、口もきいてくれないってこと？」

「さあ、どうでしょう」

「じゃあ今日みたいに、また会ってくれる？」

祐樹は唇を強く結んだ顔をこちらに向けた。

「新商品の開発のアドバイスのために？」

「いや、それは今日でほとんど……」

祐樹は首をすくめた。

店には低くジャズが流れていた。しばらく黙っているのも悪くない気がした。

タンブラーのなかの夕焼けを眺めながら、これまで付き合った何人かの男の顔を思い浮かべた。結婚というゴールを意識したことは一度もなかった。両親の離婚を経験しているせいかもしれない。あまりそのことに夢を抱けなかった。

付き合った男は、どの男も見事に変わった。デートをして、キスをして、セックスをして、一緒に夜を明かすようになる頃には、呼び方も、接し方も、愛し方も変わった。最初の印象とはちがう顔を見せるようになった。

ある男は、家まで送ってくれなくなった。ファーストフードの店で何食わぬ顔で自分は席に座ったまま、わたしを注文の列に並ばせるようになった男もいた。満員電車で前の席が空いたら、さっさと先に座るようになった男は、ドラッグ・ストアの前で車を停め、わたしに避妊具を買いに行かせた。

別れるときはいつも自分から切り出した。男が変わってきた段階で、さよならの準備に取りかかった。捨てられるくらいなら、先に言い出すことで、少しでも自分を守りたかった。それでも逆ギレされて、ひどく傷ついたこともある。

　バーでは一杯だけ飲んで引き上げた。店が気に入ったから、記念に白いコースターを持ち帰った。

　店を出て東銀座の駅まで一緒に歩いた。

「家はどこ？」と訊かれた。

最寄り駅をこたえると、日比谷線に乗って茅場町《かやばちょう》に着くあいだに、祐樹はその駅の名前をなぜか懐かしそうにつぶやいた。


　約二年間、祐樹と付き合った。

祐樹が営業担当から外れたことで、余計な神経を使う必要はなくなった。

「変わらない男でいる」

祐樹はそう言ってくれた。

たしかに付き合ってからも祐樹はこれといって変わらなかった。付き合いが深まっていくなかでも、態度が横柄になったりすることはなかった。わたしの話をいつも熱心に聞いてくれた。物事がうまく運ばないとき、苛立《いらだ》ってわたしに当たり散らすような場面は一度もなかった。派手なことはあまり好まず、衝動的に新しいものに心を移すこともなかったように思う。

祐樹のアパートの部屋へはよく遊びにいった。週末には二人で旅行に出かけた。話が特に面白いわけではなかったけれど、一緒にいると安心できた。銀座のデパ地下で料理を買い込んで、二人で過ごしたクリスマスの頃が、気持ち的にはお互い一番盛り上がっていたのかもしれない。

祐樹を知るために、ベッドのなかでいくつもの質問をした。本当にこの人でいいのか、たしかめたかった。そのひとつひとつの問いかけに、彼はめんどうくさがらずこたえてくれた。「こたえたくない」や「わからない」という返事は一度もなかった。まるでそうする義務でもあるように、慎重に言葉を選んでいた。

「好きな色は？」

「うーん、深い海の色。絵の具でいうとコバルトブルーあたり」

「じゃあ、好きな食べ物は？」

「焼きたての硬いパン。休日の朝にバターをたっぷりのせて食べたい」

「苦手な食べ物は？」

「ええと、ツルムラサキ。裏庭の土を掘ったような匂いがするから」

「好きなスポーツは？」

「スポーツはどちらかと言えばするのは苦手。観るならマラソンや駅伝かな」

「大切にしてるものは？」

「時間。それとウォーターマンの限定モデルの万年筆」

「ペットを飼うなら？」

「犬でも猫でもなくて、熱帯魚」

「どうして？」

「一緒に遊ぶ必要がない」

祐樹はこたえたあとで、「奈穂は質問が好きだね」といつも言った。

「そっちこそ、どうしてもっと、わたしのことを訊かないの？」

「――いいんだ」

祐樹は穏やかな笑みを浮かべた。


祐樹と別れて二度目のクリスマスが近づいていた。わたしが迎える二十代最後の冬。

——だれかと一緒に暮らしたくなる季節といえば、冬。

読んでいた女性誌の記事にそう書いてある。その根拠として、クリスマスとお正月というイベントが挙げられていた。だれだってクリスマス・イブをひとりで過ごしたくないから相手を探す。お正月は実家に帰れば両親や親戚《しんせき》らに会って、人生の伴侶《はんりょ》となる人の存在について尋ねられる。そういう理由らしい。

雑誌を閉じて、スターバックスのカウンター席からぼんやり外を眺めた。道行く人は冬の装いをしている。ジュエリーのブランドショップの小さな手提げを手にした若い男が、足取りも軽やかに通り過ぎていく。手提げの中身は、恋人へのクリスマス・プレゼントだろうか。

その後、新しい出会いがまったくなかったわけではない。でも今年も聖夜を一緒に過ごす相手はいなかった。

混雑してきた店を出て、冷たい北風を真正面から引き受けながら、わざと顔を上げて歩いた。今年のイブは、デパ地下の総菜売り場には行かない。部屋でひとりだけのクリスマス・パーティを開くつもりもなかった。

十二月上旬の銀座の街は、すでにクリスマスのイルミネーションで彩られている。飾り付けの趣向は毎年変わるものの、職場の行き帰りに毎日目にするせいか感動は次第に薄れていく。去年のようにクリスマス・イブはどう過ごそうかと悩んだりはしなかった。サンタクロースが来なくなってから、もうずいぶんと月日が経っていた。

最近ではひとりの外食にもすっかり慣れてしまった。混雑しているときに他人と相席になろうが、へっちゃらだ。似たような境遇の女は、この街にはたくさんいる。そういう女のほうが凛《りん》としていて、わたしは好きだ。いくら自分がまわりを気にしたところで、まわりはそれほど自分を気にしてはいない。飲み会で調子に乗って日本酒を飲みすぎて、帰りの地下鉄の扉近くでしゃがみ込んでしまった夜に、そう実感した。自意識過剰な年頃はとっくに卒業した。

そんなわけで最近はひとりメシどころか、ひとりでバーに飲みに行くことを覚えた。その店では、今や常連のひとりに数えられつつある。顔見知りもできた。この日も、「先生」に会いに行くつもりだった。

その店とは偶然出会った。

入社二年目で寿退社することが決まった女子社員の送別会のあった夜のことだ。相手は出入り業者の男で、おめでたいことにすでに子供まで授かったと聞いた。例によって一次会でお先に失礼して、まっすぐ家に帰るつもりでいた。

最寄り駅の改札を出てアパートに向かって歩き出したとき、きまぐれな三月の空が突然本性を現した。吹き荒れる強風に恫喝《どうかつ》され、横殴りの冷たい雨に頬を打たれた。あいにく傘はなく、寒さに凍えながら春物のコートの襟元を合わせて歩き、雨宿りできそうな場所にようやくたどり着いた。

小さな屋根は、地下にある店への入り口だった。目立った看板は掲げていない。狭く薄暗い階段の下を覗くと、夕陽を搾ったような灯りが扉から微《かす》かに漏れていた。おそるおそる階段を降りて扉の前に立ったとき、祐樹と一緒に訪れた銀座のバーの記憶がよみがえった。あの店と比べれば場所も規模もちがったけれど、同じにおいを嗅ぎとった。酔った勢いもあり、どうせ店の軒先を借りるくらいなら、飲み代を払えばいいやと思い、扉を開いた。

カウンターに八席だけのこぢんまりとした店内は暖かかった。古めかしい酒棚の前に白いブレザーを着た白髪のバーテンダーが立っていた。店の主人らしきその人は、目尻にしわを寄せて迎えてくれた。

L字型のカウンターには客が二人。長いほうのカウンターの真んなかの席に、髪の薄いメガネをかけた三十代くらいの太った男。短いほうの壁際の端の席に、黒のジャケットを着た顎《あご》に鬚《ひげ》を生やした中年の男。自分にはちょっと場ちがいな気がした。

「いらっしゃいませ」

白髪のバーテンダーはあなたの場所はこちらですよ、とでも言うように、カウンターの角の席に深緑色の円いコースターを置いた。

いつまでも入り口で立っているのはおかしいし、なにも飲まずに逃げ出すのもそれはそれで勇気が要る。びしょ濡れのコートを脱いだら、カウンターから出てきたバーテンダーが受け取ってくれた。わたしは勇気をだして目の前にある高いスツールにのぼった。

「雨のにおいがする」

顎鬚の男が言った。

「ええ、急に降られてしまって」

思わずこたえていた。

「この店には窓がないから、外の天気がわからんですよ」

今度は太った男が恨めしそうに低い天井を見上げた。

「マスター、タオル。この子、水も滴るいい女だから」

顎鬚の男が言った。

どうやら白髪の老人がバーテンダー兼マスターのようで、乾いたタオルと熱い蒸しタオルの両方をすぐに用意してくれた。タオルで濡れた髪を拭いていたら、なぜだか急に悲しくなってきた。今日の送別会では、自分がまた取り残されたような気分になった。

「外は寒かったでしょ。マスター、温かいカクテルでもつくってやりなよ」

顎鬚の男の言葉に、「承知しました。先生のおごりですね」とマスターはうなずいた。

湯気の立ちのぼるおしぼりで行儀悪く顔を拭いたら、なんだかほっとした。お礼を言って店の名前を尋ねると、「ピノッキオです」とマスターがこたえた。

「ピノキオ？」

わたしが「ッ」を抜いて発音したら、「ピノッキオ」とマスターは訂正した。「イタリアの作家の作品らしいので、うちではイタリア風に発音してるんです」

「すいません」

慌てたわたしに、なんのなんのという感じでマスターは微笑《ほほえ》んだ。

「じつはね、この人、時計職人のゼペットじいさんの子孫なんだよ」

顎鬚の男が言った。

「え、ほんとですか？」

口を滑らせたとたん、みんなに笑われた。

「そのジョーク、ぼくが初めてこの店に来たときにも使ったでしょ」

太った男が言った。

「あれ、そうだったっけ？」

「とぼけちゃって」

「思い出した。あのとき松本君《まつもと》が一番うけてたじゃないか」

そんな取るに足らない会話が続いた。

太った客は松本君。「ぼくなんてハゲ・デブ・メガネと三拍子揃《そろ》ってますから」と自虐的に語る三十代独身。彼女いない歴五年。近所にあるリサイクルショップの店長。

もうひとりの顎鬚の客が「先生」。奥さんに先立たれてからというもの、夜な夜な「ピノッキオ」に通う今年厄年の四十一歳。中肉中背。職業不詳。

物静かな白髪のマスターは、かつては東京のホテルやバーでシェイカーを振っていた経験あり。白いジャケットの似合う御年七十二歳。

わたしはその店で初めて温かいカクテルを頂いた。白くて甘いその飲み物は、冷たい雨に濡れ、凍えたからだと心をじんわりと芯から溶きほぐしてくれた。あとで教えてもらったのだが、そのとき先生にご馳走になったのはホット・カルーア・ミルクと呼ばれるカクテルだった。

地元にこんな店があったとは知らなかった。祐樹に連れていってもらった銀座の店とは、またひと味ちがう素敵なバーだ。わたしはひと晩で気に入ってしまった。

その人は、店では「先生」と呼ばれていた。カウンターの壁際の席にたいてい座っている店の常連だ。ひとり静かに酒を飲んでいるときもあれば、文庫本を開いているときもあり、マスターと取り留めのないおしゃべりをしているときもある。どこか謎《なぞ》めいているが、ただのアルコール依存症かもしれない。灯りを抑えた店の片隅で、フクロウのように存在を主張せず店に溶け込んでいる。

ある夜、酔ったわたしは口を滑らせた。

「先生はじゅうぶんかっこいいのに」

「よしてくれよ、おじさんをからかうな」

「あんがい、若く見えますよ」

「髪、染めてるから」

「そんなこと、ばらしてどうすんですか」

「隠すことでもない」

「自信もって」

わたしが言うと、先生は自信なさげに薄く笑った。

店にめずらしく先生がいない夜のことだ。カクテルを飲みながら、あることにふと気づいた。マスターは黙ったままカウンターの奥でいつものようにグラスを磨いている。

「そういえば、このお店は音楽を流さないんですね」

わたしが言うと、「ええ、そうですよ」とマスターはこたえた。

「どうしてですか？」

「ずっと音楽を聴くのも疲れるでしょ。お決まりのジャズを押しつけたくもない」

「ふうん」

わたしが鼻を鳴らしたら会話は途切れてしまった。

「マスターって、ひょっとして無口ですか？」

なにげなく言ってみた。

「どうですかね」

「だってさっきから、ずっと黙ってグラスを磨いてる」

マスターはグラスを磨く手を休めて、照れ笑いを浮かべるようにしてこたえた。「バーテンダーというのは、お客さんから話しかけられればこたえますが、自分から話しかけることはしないものです。長年そうしてきたし、そういうものだと思います」

「なるほど」

マスターは顎だけでうなずいてみせた。

再びバーに沈黙が降りてきた。カウンターの奥から氷を削る音が聞こえた。

しばらくしてから、わたしは口を開いた。

「そういえば、顎鬚のお客さん、今夜はいませんね。あの人は、どういった先生なんですか？」

「さあ、どうなんでしょう」

マスターは顔を見せて首をかしげた。

「でも『先生』って、いつも呼んでるじゃないですか」

「詳しくは存じ上げませんが、以前一緒に見えた方が、そう呼んでいたと記憶しています。だからわたしも、それに倣《なら》ってそう呼ぶことにしたんです」

「学校の先生には見えないし、お医者さんにも見えないですよね」

マスターは黙っていた。

「政治家はもちろん、弁護士って感じでもなさそうだし……」

頬杖をついてマスターに視線を送った。

「バーテンダーは、お客様の詮索はしないものです」

静かに微笑みながら言った。


扉を開けてコートを脱ぎ、店のクロークのハンガーに自分で掛けた。先生はカウンターのいつもの席に座っていた。

「最近、出席率が高いね」

先生からひとつ離れたスツールに腰かけると言われた。

そういえば土日を抜けば、週に三日は「ピノッキオ」に寄るようになった。

「だって、家に帰る途中にあるんですもん」

マスターから熱いおしぼりを受け取ってから言い訳した。

「おいおい、クリスマス・イブまで来るわけじゃないだろうね」

「そう言う先生こそ」

「ぼくはさびしがり屋の中年だから」

「わたしも」

「なに言ってんの、あなたはまだ若い」

「年齢なんて関係ないです。ひとりの部屋でお酒を飲んでるより、ここに来たほうがマシでしょ」

「まあたしかにマシと言えば、マシかもしれない」

先生の言葉に、マスターが苦笑した。

カウンターの左端にはミニチュアのクリスマスツリーが飾られていた。たまに顔を出す二十代前半のカップルが、ツリーに近い席に並んで座っていた。彼らからすれば自分はどんなふうに映るのか一瞬考えたが、まあ関係ないや、と思い直してマスターにいつものカクテルを注文した。

しばらくして女のほうが支払いをすませ、二人は店を出て行った。

「ああいうのはカッコわるいね。ヒモじゃあるまいし」

先生は言った。

「けっこういますよ、そういうお客さん。割り勘の場合でも女性が支払いをすませるんです」

マスターの声が聞こえた。

「なんでだろ？」

「こだわりがないんでしょうかね」

「少しはカッコつけろよ」

先生はため息をついた。

いわゆる草食系男子について先生とマスターは語りはじめた。先生は肯定も否定もしなかった。ただ、そういう男が増えているのは、そういう男を許容する女も増えているからだろうと言った。わたしは話に加わらずに、黙ってカクテルを味わっていた。

「そういえば松本君、最近来ないですね」

話の切れ目で、わたしは言った。

「ああ、松本君ね、遂に彼女ができたらしい。もうこの店は卒業かもな」

「卒業ですか?」

「そういうこと」

「つまんないなぁ」

「彼はえらいよ。人類に希望を与えている。ぼくみたいな人間でも、彼女ができたんですって、こないだ涙ぐんでた」

「それって失礼じゃないですか?」

「失礼なもんか。褒めてるんだよ。あなたもがんばらないと」

「自分こそ、どうなんですか」

わたしは口を尖《とが》らせてみせた。

「ぼくはね、喪に服してるの。あなたには、だれか気になる男でもいないの？」

そういえばこのあいだ、先生の亡くなった奥さんの話を聞かせてもらった。お酒は一滴も飲めなかったけれど、酒の肴《さかな》をつくるのが上手な人だったらしい。

いつも先生の話を聞いてばかりでは悪い気もしたから、わたしも初めてバーに連れていってくれた祐樹のことを話した。

「別れた男の話か」

先生はつぶやいたが、黙って聞いてくれた。

出会いから一緒に過ごした最後のクリスマス・イブの夜まで……。思い出を辿《たど》ってみれば、それはひどくありきたりな恋だった。

「こんな話、退屈じゃないですか？」

ふと思って尋ねた。

「いや、ほっとするよ。今日みたいな冷える夜にふさわしい話題だ」

「そうですかね。でもその数ヶ月後に別れたんですけど」

唐突に言ったあと、会話が途切れた。

「あなたはこの店に来るとたいてい同じカクテルを注文するよね。今日の最初の一杯もそうだった」

先生は急に話題を変えた。

曖昧にうなずくと、「なにか思い出でも？」と訊かれた。

「その人に教えてもらったんです」

「なるほど。で、どうして別れちゃったの？」

「なんだろう、最後はあっけなく終わったっていうか……」

「二年も付き合って？」

「そう。付き合ってからは週に一回は会って食事をして、季節ごとに旅行にも出かけたし、恋人同士ですることは、ほとんどしたような気がします」

「というと、少し趣向の変わったセックスなんかも？」と先生が言った。

わたしは背中をぶつ振りをした。

「こっちは真面目に話してるんですから。――どうしてチャンスを逃したのか、未だによくわからないんで」

「必ずしもチャンスとは言えないじゃないか。結婚をしてひどい目に遭っていたかもしれない。今頃、毎晩おかしな恰好をさせられていたかもしれないんだよ」

先生は笑わずに言った。

「下ネタはやめましょう」

「——そうだな」

先生は咳払《せきばら》いをしてから、耳の裏側を掻《か》いた。

「原因は浮気？」

「そうです」

「そんなやつ、別れて良かったじゃない」

「ちがう。……わたしのほう」

そう言うと、先生は流し目をくれた。

「でも浮気と言ったって、今思えばたいしたことじゃないんですよ」

「たいしたことじゃないかは、相手が決める場合もある」

先生の言う通りだった。

「会社の同僚が企画したコンパにしかたなく参加したとき、男に言い寄られたんです。見た目はちょっといい感じでした。自分には彼氏がいるからって断ったんですけど、でもこういう飲み会に来るなら誘われてもしょうがないと言われて、それも一理あるなって思っちゃったんです。心に隙《すき》ができたとたんに、結婚しているわけでもないから、まあいいかって気がして、酔った勢いでついキスを許してしまって」

「人によっては、よくあることさ」

先生は淡々と言った。

「でも、その人とはそれっきり会わなかった」

「そう。じゃあ、なぜばれたの？」

「わたしが話したから」

その言葉に先生は首をがくりと垂らしてため息をついた。「そこらへんが、男には理解しがたい。彼氏と別れたかったわけ？」

「ちがいます」

それは本心だった。もしかすると祐樹を試したのかもしれない。

「そのときの彼の反応は？」

「悲しそうでしたね。『自分はキスするまで半年以上かかったのに』そう言われました」

先生はふっと笑った。

あのとき祐樹はひどく落ち込んでいた。でも別れようとは言わなかった。許すとも言わなかった。それ以来、どこか関係がぎくしゃくした。いつか祐樹が態度を豹変させ、怒りを爆発させるのではないかと思ったが、そういうことは起きなかった。一緒にいるときに、ときおり辛《つら》そうな表情を見せる以外は。

――潮時なのかな。

勝手にそう判断した。

そして別れを切り出してみた。

「どうして？」と祐樹に問われたとき、思わずあの言葉を使ってしまった。

「価値観の相違」

都合の良い言葉だった。

本当は祐樹の価値観に特別な違和感を抱いたわけではない。それに価値観が人それぞれちがうことなどわかっていた。あまりにも凪《な》いだ二人の日常に、かえって不安を感じていたのかもしれない。安全なプールで乗っているゴムボートをわざと揺らす子供のように、わたしは祐樹との関係に波風を立てた。

祐樹はなぜか抗《あらが》うことはしなかった。心が離れつつあったのかもしれない。あっけなく別れを受け入れた。あるいは「価値観の相違」という言葉のせいだろうか。言い出しておきながら、わたしは戸惑った。でも、言葉を撤回することはできなかった。非は自分にあると思ったから。

最後に祐樹の背中を見送ったとき、

――ぼくは変わっていない。変わったとすれば、それは君のほうだよ。

そう言われている気がした。

「ひょっとして、今でも後悔してる？」

先生が言った。

「どうだろう、少しは……。あまりいい別れ方ではなかったから」

「そういうのって尾を引くんだよね。三十になっても、四十になっても」

「自分でも、どうしていいかわからないまま過ごしてきたんです」

「あなたは、その男のなにかを見落としたのかもしれないね」

「え、なにをですか？」

「たとえば、その男の正体」

「正体？」

「新しい恋をはじめるためにも、一度その地点にもどってみたら？」

「どうやって？」

先生は前を向いたまましばらく黙り込んだ。

わたしは同じ姿勢のまま動かずにいた。

「ひとつだけ思い当たる方法があるけど、そのためにはもう一度君自身がその男に会う必要がある。そしてその男にある質問をしてみるんだ」

先生の言葉に軽い落胆を覚えた。わたしは祐樹と付き合っているときに、彼のことが知りたくて、それこそいろんな質問をした。それでわかったことといえば、彼の趣味や趣向といった、ある意味では人間の上澄みの部分にすぎなかった気がする。その下の層に隠れている、カクテルでいうならベースとなるスピリッツは結局わからなかった。

「今、がっかりしたでしょ？」

「え？」

「そう、そういう相手の表情とかも見逃してはいけない」

「それってどんな質問なんですか？」

「その人の幸せの物差しを知るためのクエスチョン。この質問で大切なのは、相手に自分の人生の発掘作業をまずは行わせること。だからむやみにこたえを急がせてはならない。もしも相手が誠実にこたえようとしなかったら、そのときは機嫌がたまたま悪かったのか、あるいは質問者に対して誠実ではないというオチになる。もしこたえが、『ない』ということなら、その人は不本意な人生を送ってきたのかもしれない。この質問に正解などない。大事なことは、相手のこたえを聞いて君自身が感じることだ。それこそ相手だけではなく、受け手の価値観も試されることになる」

　思いがけず先生の口から、その言葉が出た。

「価値観、ですか？」

「そう」

「それじゃあ、もしそのこたえがわたしにとって、まったく響かないものだとしたら？」

「別れてよかったといえるかもしれない」

先生の顔を見てから、話を聞いていたマスターの顔を見た。マスターはなにも言わずにグラスを磨いていた。口元が微かにゆるんでいる。

「どんな質問なんですか？」

「じつにありきたりな質問だよ。でもきっとそのこたえのなかに、あなたが知っておくべき、その人が大切にしているものが含まれているはずだ」

「でも、もう遅い気がする」

「そうかもしれないし、そうじゃないかもしれない。それに取りもどすためじゃない。たしかめるためだ。その男が変わってなければ、君を連れていったというバーに今も顔を出してる気がするな。一週間くらい粘ってみる価値はあると思うけど」

祐樹は「変わらない男でいる」と約束してくれたことを思い出した。

「マスター、血まみれ女をくれ」

先生は空になったグラスを持ち上げた。

わたしも一緒にウオッカをトマトジュースで割るカクテル、ブラッディ・メアリーを付き合うことにした。

二人で血の杯を交わすと、「それじゃあ、その質問についての説明に移ろう」と先生は言った。


十二月の第二週の月曜日から、銀座六丁目にある店に通うことにした。わたしが祐樹と初めて入ったバーだ。

仕事が終わってひとりの部屋に帰りたくないときに、ちょこっとだけ店に寄ると祐樹は言っていた。今もその言葉が生きているなら、店は午後六時半開店だから、遅くても八時頃までには姿を現すはずだ。わたしは毎日七時過ぎには店を訪れることにした。

大切に取っておいた白いコースターに入った店名が手掛かりとなり、思い出のバーは無事に見つかった。扉を開いて店内に足を踏み入れたとき、カウンターに座った数人の客たちの視線を浴びた。いつもより少し気取った服装にしたのは、祐樹と逢うことを想定したものだ。化粧にもそれなりに時間をかけた。

開店から三十分ほどしか経っていないバーは、まだ時間が早いせいか、声高《こわだか》に話す酔客はおらず静かだった。「ピノッキオ」の二倍の高さはありそうなバック・バーに並んだ酒瓶のラベルは、すべてきちんと正面を向いていた。磨き上げられた一枚板のカウンターには、塵《ちり》ひとつ落ちていない。等間隔に配置されたランプの柔らかな光が、たおやかな陰影を醸しだしていた。

店を見まわしたが、祐樹らしき客の姿は残念ながらなかった。コートを店のクロークに預かってもらい、カウンターの革張りの椅子に腰かけた。自分より若そうなバーテンダーが前に立ち、静かに微笑む。あの日と同じシンガポール・スリングを注文した。

その店のシンガポール・スリングは「ピノッキオ」で飲み慣れた味とは少しちがっていた。しかし円柱型のタンブラーの底に溜まった赤いチェリー・リキュールが、シェイクされたジンや果汁やソーダの層と重なって、見事なグラデーションをつくっていた。

「お仕事の帰りですか？」

バーテンダーは気遣うように声をかけてくれた。

「ええ」

「お勤めは、こっちのほうで？」

「そうです。以前にも、このお店には来たことあります」

「そうでしょう。そんな気がしました」

バーテンダーはだれかのためのカクテルをステアしながら言った。

最初に来たときには緊張したけれど、今はひとりでもカウンターの席でくつろぐことができた。店には一時間ばかりいた。

三日連続して店を訪れたら、バーテンダーは余計な言葉をかけることも、おかわりの催促もしなくなった。わたしはカクテルをゆっくり楽しみながら、これまでの自分の人生や、これからの自分の人生について考えた。店の扉が開くたびに、一瞬現実に引きもどされ、視線をそちらに向けたけれど、彼は現れなかった。

銀座のバーで飲んだ日は、帰りに「ピノッキオ」に寄るのはやめた。

木曜日の夜、バーで二杯目を飲んでいるときに声をかけられた。ひとつ空いた椅子を挟んだ席の客で年の頃は三十代半ば、ひとりギネスを飲んでいた。

「待ち合わせですか？」と訊かれたから、「のようなものです」とこたえた。

男は不思議そうな顔をして、「よかったら一緒に飲みません？」と誘ってきた。

「もう少し、待ってみます」

なるべく穏やかにこたえた。

「ピノッキオ」の先生の顔を思い出した。先生はわたしが店に行くと、口癖のように「もっと出会いのある場所へ出かけたら」と笑っていた。もしかしたらこれは先生の企《たくら》みじゃないかと急に疑念が湧いた。先生は元恋人との気持ちを整理させるためにと、こんなことをけしかけたが、じつは新しい恋人を見つける場所として、都会のバーにわたしを送り込んだのではないか——。

三杯目の注文をすべきか、帰るべきか迷っていたとき、「もう一杯、一緒にどうですか？」とさっきの男に言われた。

「ありがとう、今日はこれで帰ります」

バーテンダーを呼んでチェックを頼んだ。

次の日、「ピノッキオ」に行ってしまおうかと迷ったが、再び六丁目のバーへ向かった。今日行けば五日間通ったことになり、先生との約束というわけではないが、最初に通うと決めた一週間をクリアしたことになる。来週の月曜日から「ピノッキオ」に大手を振って行くことができる。

職場を午後六時過ぎに出た。今日こそは店に一番乗りかもしれない。そんな期待を抱いて扉を開いたが、紺のスーツ姿の先客がカウンターにひとりぽつんといた。

軽い落胆を覚え、コートを脱いで席に着こうとしたとき視線を感じた。カウンターの椅子に腰かけた男が、懐かしい目でこちらを見ていた。

――どうして君がここに？

柴崎祐樹の目は、そう言っていた。

わたしは息を呑《の》み、動けなくなった。

「やあ」

右手を挙げた祐樹は、髪型も体型も当時と変わっていなかった。まるで時間が止まったままのように。

「ひさしぶり」

慌てて笑いかけたわたしに、「ひさしぶり」と祐樹は静かに応えた。

「ずいぶん早いのね。今日は、だれかと待ち合わせ？」

「いや、ぼくはひとりだけど、君は？」

「――ひとり。ちょっと懐かしくなって」

「そう……」

祐樹は視線をわたしに置いたまま椅子から立った。

「柴崎さんのお知り合いの方だったんですか」

コートを受け取りにきたバーテンダーが声をかけてきた。余計なことは言うなよ、と思わず黒いベストに銃を突きつけたくなった。

「ええ、まあ」

照れくさそうに祐樹はうなずき、隣の椅子に移動してきた。

祐樹の話では、水曜日にも店には来たという。一杯だけ引っかけて混む前に店を出たのだと言われた。どうやら入れちがいだったようだ。そういうバーの使い方が祐樹の流儀らしかった。

わたしたちは二人だけの店で、とりあえず再会の乾杯をした。

なにから話せばいいのかわからなくて、共通の話題となり得る仕事の話を持ち出そうかと考えたが、それはちがうと思い留まった。そんなことのために、ここへ連日通ったわけではない。

「じつはさ、婚約したんだ」

祐樹の声が不意に聞こえた。

心臓の辺りでなにかがピョコンと跳ねた。目眩《めまい》がしそうになったけれど、なんとかこらえた。相手は、わたしのまったく知らない女性。詳しくは聞かなかった。人生はいつも自分の知らないあいだに、物事がとんとん拍子に進んでいく。そういうものだ。

「おめでとう。式はいつ？」

顔を上げ、やっと言えた。

「来年の六月。式と言っても、パーティ形式で簡素にやるつもり」

「そう。最近は多いよね」

笑みも少しだけ取りもどせた。

正直に言えば一刻も早くこの場から逃げ出したかった。でも勇気を出して、自分たちの別れ方について、悔いがあると話した。それについては自分も同じだと祐樹は言ってくれた。

「あれからぼくも、この店に来てはいろいろ考えた。自分を隠さずに、気持ちをストレートに君にぶつければよかったんじゃないか、とかね。伝えるべきものは、もっとあった気がする」

「もういいの。終わったことだから」

「うん」

「ただ、謝りたかった。今思えば、あのときはすごく勝手だったなって思って……」

「それはお互いさまだよ」

「そう言ってくれると、少しだけ気が楽になるけど」

素直な気持ちを口にした。

わたしは訊こうかどうか迷っていた。先生に授けられた質問。タイミングを計っていたが、なかなか切り出せなかった。それに先生には悪いけれど、祐樹と再会できたことで、もうそれでいいような気がした。今さら訊いたところで、意味がないようにも思えた。

「奈穂のほうは、どうなの？」

「うーん、どうかな」

「いい人は、いるの？」

「まあ、いるような、いないような」

「へえ、どんな人？」

「いや、そういう話じゃなくてさ。そうだ、ひとつだけ訊いておきたいことがあったの」

「なにを？」

「なんていうか、今後の参考のために」

「そういえば、奈穂は質問が好きだったもんね」

祐樹は口元をゆるめながら底の厚いグラスを手にした。この日もメーカーズ・マークのオン・ザ・ロックを飲んでいた。

「ええとね……」

質問を頭のなかで諳《そら》んじてから口に出した。

「自分の人生のなかで、一番幸せを感じた瞬間って思い出せる？」

「一番幸せを感じた瞬間？」

祐樹は言葉を繰り返した。

「急がなくていい。まずはゆっくりと思い出してみて」

「こいつは、初めてのパターンだね」

祐樹は笑みを浮かべたあと、右手で小ぶりな耳たぶをさわった。琥珀《こはく》色の液体をすすりながら、しばらく考えていた。

「――あるよ」

なにかに弾かれたように顔を上げた。

「よかったら、その話を聞かせてほしいの」

「いいよ。幸せを感じたことは、それこそたくさんあるけど、今思えばとても印象に残っている日がある」

「そう」

わたしはうなずいた。

「でもいいのかな、小学生の頃の話なんだけど」

「ずいぶん昔の話ね？」

「うん。それでもいい？」

「もちろん、それはあなた自身が決めることだから」

わたしは言った。それこそが、彼が選んだ、彼にとってわたしに語るべき話なのだと、先生は言っていた。

「そうだね。ぼくの人生だものね」

「ええ」

「少し長くなるかもしれないよ」

祐樹はそう前置きをしてから話しはじめた。

「あれは小学校の五年生のときのことだよ。ある日、担任の先生に放課後残るように言われた。理由は、クラスの女の子をぼくが泣かしたから。いじめるつもりはなかったんだけど、ちょっかいを出したら、その子が突然しゃくり上げて泣き続け、先生にばれてしまったんだ。だれもいない教室で、その子をいじめた理由を先生に問い詰められた。先生は若くてスポーツマンで、とても男らしい人でね。ぼくが頑《かたく》なに理由をこたえないでいたら、言うまで学校から帰さないって脅かされた。いい加減なことを言ってごまかそうかと思ったけど、それはできなかった。

教室から見える窓の外の景色がだんだん暗くなって、足元がしんしんと冷えてくる。先生は黙ったまま腕を組んでた。ぼくは本当のことを言うしかないと観念して、こたえますと口を開いた。でもこのことはだれにも言わないでくださいと頼んだ。先生は男と男の約束だと言ってくれた。だからぼくは正直に打ち明けたんだ。

――好きだからです、と」

　そこまで話した祐樹は、懐かしそうに目を細め、話を続けた。「理由を聞いた先生は、真面目な顔をして、どれくらい好きなんだって訊いてきた。もうここまできたら嘘をついてもしょうがない。そう思って、『すごく好きです』とこたえた。先生はしばらく黙ったあとで、おまえのやってることは、相手に誤解を与えているだけじゃなく、傷つけているんだぞ、と言った。まったくその通りだった。

　それから先生の話は突然変わって、来月十二月にクリスマス会をやるから、おまえが実行委員長に立候補しろと言われた。なんでそんな話になるのかよくわからなかったけど、きっとそれは女の子をいじめた罰なんだと思った。だからクラスでクリスマス会の話し合いになったとき、ぼくは実行委員長に立候補した。先生はその話し合いの最後に、クリスマス会と一緒に、お別れ会をやると言い出した。このクラスのなかに転校する生徒がいる、と先生は言って名前を発表した。それは、ぼくのいじめた女の子だった。とてもショックで胸が張り裂けそうになった。でもそうなら、彼女の送別会をできるだけ思い出深いものにしてあげたいと思った。そこでクリスマス会でなにをやればいいかを考えた。まあ、小学五年生の知恵なんて、たいしたことはない。クラス全員が彼女にプレゼントを贈るという案を思いつき、先生に提案した。それなら、ぼくから彼女にプレゼントを贈ることもできる。そう考えたんだ。でも先生は、クリスマス会でもあるのだから、全員で楽しめるものにしないかと言って、みんなでプレゼントを持ち寄り、プレゼントの交換をするという話にまとまった。だれがだれのプレゼントを受け取るかわからない方法を取ることも決まった。個人がひとつずつ持ち寄るプレゼントは高価なものではなく、手づくりのものや自分が持っているものなどにするルールも付け加えられた」

「あなたは、どんなプレゼントを選んだの？」

わたしは思わず口を挟んだ。

「それがね、不思議なことに覚えてないんだ。ただ、自分のプレゼントがだれに渡るかわからないけど、それでも彼女のために選んだような気がする」

祐樹は静かにうなずいてから言葉を継いだ。「クリスマス会の当日、先生は学校にギターを持って来た。六時限目の授業の時間を使って、彼女のお別れ会を兼ねたクリスマス会が開かれた。ふだん殺風景な教室は何色もの折り紙をつないだリングや、花紙でつくった紅白のバラできれいに飾り付けられてた。先生のギターの伴奏で『赤鼻のトナカイ』や『きよしこの夜』をみんなで歌った。山梨県出身の先生は、自分の育った故郷の歌だと言って『武田節』を披露してくれた。それから掃除するときのように机や椅子を教室の後ろに移動させて、椅子取りゲームやハンカチ落としをやった。

最後にプレゼントの交換会をやる前に、転校してしまう女の子が前に出て挨拶をした。彼女は、ぼくがからかった方言を極力使わないようにして話した。話の終わりまで泣かなかった彼女に、みんなが拍手をした。

各自が自分のプレゼントを手にして、輪になって広がった。プレゼント交換のやり方は、先生のギター伴奏で『ジングルベル』を合唱しながら、歌に合わせてプレゼントを時計回りにまわしていく。そのとき全員が目を瞑《つむ》る。先生がどこかでギターの伴奏をやめる。そうしたら全員動きを止める。そのとき手にしていたプレゼントが、自分のものになる、というルールだった。

転校する女の子は、ぼくの正面よりやや右側に立っていた。いつものように髪は左右で三つ編みにしてた。寒さのせいか頬っぺたと耳が少し赤かったな。手にしている彼女のプレゼントは、ピンク色の四角い箱だった。ぼくはその箱を目に焼き付けた。先生が全員のプレゼントをいったん回収し、配り直した。ぼくの目は彼女のプレゼントであるピンク色の箱に釘付けになった。

そしていよいよ『ジングルベル』の伴奏がはじまった。『ジングルベル』を口ずさみながら、ぼくは薄目を開けて、ピンク色の箱を目で追っていた。そのピンク色の箱はクラスメイトの手から手へと渡っていった。ぼくは手にしたプレゼントには目もくれず、次から次へと隣の人へ渡した。いよいよピンク色の箱が近づいてきた。そして遂に右隣の子から、ぼくの手にピンク色の箱が運ばれた。なるべく長く持っていたかったけれど、『ジングルベル』の合唱は続いてる。しかたなく左隣の子に手渡した。ピンク色の箱は行ってしまった。

突然、ギターの音が止《や》み、歌が途切れた。ぼくは教室の天井を仰ぐと、強く目を瞑った。生徒たちがざわついてる。そのとき、『先生、ぼくのプレゼント、自分のなんですけど』といきもの係の佐々木君が言った。ちゃんと目を閉じてない人、歌ってない人もいたから、もう一度やり直すことになった。ずるはなしだ。ぼくは胸をなでおろした。そしてもう一度、『ジングルベル』の合唱がはじまった。今度はぼくもしっかり目を閉じて歌った。真っ暗な世界のなかをみんなの歌と一緒にみんなのプレゼントが回った。闇のなかに白い雪に埋もれた街の風景が浮かんできた。そのなかを一台の橇《そり》が滑っていく。合唱の声のなかに彼女の声を探そうとしたけれど、うまくいかなかった。夢のように心が弾む時間だった。彼女はいったいどんな街に行ってしまうのだろう。もう二度と会えないのだろうか。そう思ったとき、ギターの音が力強いストロークと共に、止んだ——。

ゆっくり目を開くと、斜め右前に立っている彼女の姿が見えた。彼女は両手で掬うように持った包みを見つめている。見覚えのある包装紙にくるまれていた。それはぼくが用意したプレゼントだった。驚いて視線を落としたぼくの手のなかに、ピンク色の四角い箱があった。まるで奇跡のような瞬間だった。友達に囲まれ、微笑んでいる彼女の姿を見て、自分の頰っぺたがゆっくりとゆるんでいくのがわかった。叫びたいくらいに、ぼくは幸せだった」

祐樹の話はそこで終わった。

わたしは、ただ呆然《ぼうぜん》としていた。

祐樹は黙ったままグラスを傾けた。鈴を付けたトナカイが首をふったように、氷が乾いた音を立てた。低くジャズが流れる店に、おしゃべりの声が急に膨らんだように大きくなった。いつのまにかバーには客が増え、活気に満ちていた。

「そのピンク色の箱の中身は……」

祐樹が口を開いた。

「待って、言わなくていい」

わたしは言葉を遮ると、自分でこたえた。

「ピンク色の箱の蓋《ふた》を開けたら、なかにはひとまわり小さなピンク色の箱がある。そのピンク色の箱の蓋を開けると、またひとまわり小さなピンク色の箱。その箱の蓋を開けると、やっぱりピンク色の箱が出てくる」

「そう、その通り。箱はどんどん小さくなって、最後にいったいなにが入ってるんだろう、とわくわくした。――よくわかったね？」

「あたりまえじゃない、わたしがつくったんだから」

わたしはカウンターでしゃくり上げた。今の今まで気づかなかった。白いパレットから溶かした絵の具を筆で拾うように、古い記憶に鮮明な色がのせられ、わたしはあの日に帰った。

「やっと気づいてくれた？」

祐樹は微笑んだ。

「どうして、どうして教えてくれなかったの？」

「秘密にしておきたかった」

「あなたが、同じクラスのいじめっ子だったなんて」

「そうだよ、ぼくは君と同じ五年二組だった。小学校の通学路の途中にあった柴崎文房具店の息子だ」

「あなたは、わたしの京都弁をからかって泣かした」

「そうだった。あのときは本当にごめんね。君があの街から引っ越して数年後に、ぼくもあの街を出た。ぼくたちが通っていた小学校が、学校の統廃合の影響で廃校になることが決まったんだ。両親は文房具店を閉めることに決めた。転校した中学校では、謂《い》われのないいじめに遭った。そのとき初めて、君の心の痛みがわかった気がする」

――柴崎文房具店。

そういえば、そんな名前の店があったかもしれない。

「いつからわたしに気づいてたの？」

「最初に営業に行ったときから。苗字が変わってたから、てっきり結婚したんだと思った」

「そうだったんだ」

「ぼくはあれからずっと考えてた。なぜあのピンク色の最後の箱は空っぽだったのか。君がプレゼントを入れ忘れたのか、あるいは神様が取り上げたのか……」

祐樹は静かに言った。

「あのクリスマス会のあった日が、ぼくにとって最高の日だった」

あの日、わたしが受け取ったプレゼントの包みに入っていたのは、真新しい文房具だった。かわいいキャラクターの鉛筆が数本と、カラフルなキャップのセット。もしかしたらほかにもあったかもしれない。どれも女の子向けだったことだけは覚えている。だれが用意したプレゼントかはわからなかった。

自分でつくった折り紙のピンク色の重ね箱には、迷ったけれど結局なにも入れなかった。

期待をして箱を開けていった人を、最後にもう一度驚かせるのが狙いだった。それは転校してきていじめられたわたしの、ちょっとした復讐だったような気もする。


祐樹と再会した日の帰り道、ひさしぶりに「ピノッキオ」に寄った。店には、初めて訪れた夜と同じように、マスターと松本君と先生の姿があった。わたしは先生の隣のスツールにのぼると、元恋人と会えたことを報告してから、今年のクリスマス・イブはこの店に来る、と早々《はやばや》と宣言した。

「なんだよ、それ？」

先生は呆《あき》れたような声を出した。

「奈穂さんもか……」

早くも破局を迎えたらしい松本君がうなだれた。

マスターはいつものように黙ったままグラスを磨き、微笑んでいる。

「それで、あの質問のこたえは聞けたの？」

先生に訊かれた。

「聞きましたよ、ちゃんと。偶然かもしれないけど、彼がどんなものを大切にしながら生きてきた人だったのか、よくわかりました」

「だろ。次からは、気になる人ができたら、早めに聞いておくことだね」

「それがいいかもしれませんね」

「それで？」

「なんていうのかなぁ、やっぱり、わたしには男を見る眼がなかったみたい」

「なんだよ……。まあ、それがわかっただけでも、よかったか」

「――そうですね」

わたしは小さく笑った。

「ねえ、先生？」

「ん？」

「先生は亡くなった奥さんを、今でも愛してる？」

わたしの言葉に、先生はたじろぐようにしばらく黙り込んだ。

「ごめんなさい、変なこと訊いちゃって」

「いや、べつにいいんだ。じつを言うと、死んだんじゃないんだよ」

「あれっ、先生、亡くなったって言ったじゃないですか」

「――捨てられたんだ」

「じゃあ、嘘だったんですか？」

「嘘じゃない。あれは比喩さ。ほら、多くの別れの曲の歌詞のなかに出てくる恋人の死ってのは、実際は死んだわけじゃなくて、別れた相手を忘れるためだったりするじゃない」

「へぇ、そうなんですか」

「知らなかった？　君も、まだまだ青いな」

先生は言った。

「先生、今度、銀座のバーに一緒に行きませんか？」

「駄目だよ。マスターに知れたら、悲しむぞ」

「その店のバック・バーの高さと幅ときたら、この店の倍はありますよ。先生の好きそうなお酒がたくさん並んでました。それに着飾ったきれいな大人の女性もいます」

「そうか、じゃあ内緒で今度行ってみるかなぁ」

先生はだらしない顔をして顎鬚をそっと撫《な》でた。

「せんせい？」

「――ん、なに？」

「そのときにでも教えてくれませんか、先生にとって人生で最高だった日のことを――」

ずっと忘れない

中学校時代のぼくの卒業アルバムには穴が開いている。

穴が開いているのは、クラスメートの写真を集めてコラージュにしたような「三年D組」のページだ。穴は縦五センチ、横三センチの矩形《くけい》をしており、切り口鋭く、おそらくカッターナイフでくり抜かれたと推測できる。

ぼくのクラスは隣の三年C組だから、失ったのは自分の写真ではない。もっともそんなことはあらためて言うまでもないだろう。ぼく個人の写真なんて、当時も今もだれもほしがったりしない。

とはいえ卒業アルバムとは、本来記念のために保存するのが目的であり、新聞や雑誌のように切り抜いたりするものではない。少なくともぼくはそう思う。ぼくは自分の卒業アルバムに穴を開けた覚えはないし、だれかにそのことを許した記憶もない。

卒業アルバムには、ある痕跡が残されていた。切り抜かれた写真の窓から、二ページ先の部活動の集合写真のページが見通せる。そのページの余白に何者かの筆跡を発見した。切り抜かれたページを合わせてみたところ、矩形の穴の部分に、余白に記された文字がぴたりと収まった。

そこにはこう書かれていた。「一九九九年　樋口修造《ひぐちしゅうぞう》に寄贈」


金曜日、仕事を終え、近所のバーに立ち寄った。

時間がまだ早いせいか、店には客がひとりいるだけだった。カウンターのいつもの席に腰かけ、最初の一杯をマスターに注文した。

小さくうなずいた高齢のマスターは、ぼくのためにトム・コリンズをつくってしまうと黙ってグラスを磨きはじめた。カウンターの一番端の席に座った顎鬚の常連――彼はこの店では「先生」と呼ばれている――は開いた文庫本に視線を落としたままじっとしている。読書に集中しているのか、ぼくのことなど、まったく気にしていない。

この店に来ると、どこか懐かしい気分になる。もう十年以上前の話だけれど、高校時代の自分の部屋を思い出すからだ。

当時、ぼくの部屋には何人かの男友だちが入り浸っていた。彼らはぼくの部屋に遊びに来ると、しばらく雑談などするのだが、そのうちそれぞれが自分のしたいことを勝手にはじめる。多くの場合、漫画本や雑誌を読みだす。本は持参する者もいれば、そこらへんに置いてあるものや書棚から勝手に選ぶやつもいた。なにもせず煙草《たばこ》を吸いながらぼうっとしているのもいた。なにかひとつのことを一緒にやろうとは、だれも言わなかった。

ぼくは自分の椅子に座り、そんな彼らを眺めていた。ときどき彼らがなんのためにここに集まってくるのか、わからなくなることがあった。本を読みたいなら自分の家で読めばいい。読みたいものがあるなら貸すこともできた。煙草なら自分の家で吸ってくれ。実際、そう言ってみたこともある。

それでも彼らは、またぼくの部屋にやって来る。そしてそれぞれ好みの場所に落ち着いたら、自分の世界に籠もって時間を過ごす。不思議な光景だった。

ぼくは気が向けば彼らにコーヒーを淹《い》れ、音楽をかけ、灰皿の掃除をし、ときにはため息をついた。部活動に熱心な者はいなかったから、自分の居場所を必要としていたのかもしれない。そういえば彼女のいないやつばかりだった。似たもの同士のたまり場と化していた。

そんなことを懐かしく思いながらバーのカウンターでぼんやりしていたら——当時もやはりよくそうしていた——先生が文庫本を閉じ、陽だまりの猫のように大きく伸びをした。

「松本君はどう思う？」

先生は唐突に言った。

「え、なにがですか？」

「読みはじめた本は、その本がたとえ退屈であっても最後まで読み通すべきか、それとも潔く読むのをやめるべきか」

「どうですかね……」

「いつも迷うんだ」

「はあ」

「で、最近どうなの？」

「相変わらずです」とぼくはこたえた。

「店は繁盛してるの？」

「どうですかね。客の数は以前より増えた気はします。まあ、持ち込みの客が多いんですけどね。リサイクルだとかエコだとか言ってますけど、不要品が少しでも金になるなら換金したい、そういう手合いが増えただけかもしれません。なかにはなんでも買い取ってもらえると思って店に来る、ちょっと困った客もいますしね」

「へえー、たとえば？」

「こないだは、カメを持ち込まれました」

「カメ？」

「そうです」

ぼくは両手のあいだに二十センチほどの空間をつくってみせた。「カメラではなく、カメ。甲羅のあるやつです」

「それなら、リサイクルショップじゃなくて、ペットショップじゃないの？」

「ええ、ぼくもそう思って言ったんです。そしたらペットショップで断られたから、この店に来たんだってムッとしてました」

「それで？」

「タダでもいいから引き取ってくれって言われたんですが、お断りしました。生物《なまもの》は引き取れませんので」

「なんだか空恐ろしい話だね」

「ええ、まあ。物に対する愛情が薄れてる証拠かもしれませんね」

「愛情ね」と先生は言った。「物といえば、生き物、人物も含まれるってことかな」

「だってね、最初はその物を自分で気に入って手に入れたわけじゃないですか。そのわりにはみなさん、あっさり手放しますよね。もちろん人にもらった物なんかも、なかにはあるんでしょうけど」

「――かもね」

「まあそのおかげでうちのような店も成り立ってる、とも言えるんですけどね……」

話がそこで終わってしまうと、再び店に沈黙が降りてきた。こういうところも高校時代のぼくの部屋にかなり似ている。前触れもなくときおり話に花が咲くのだが、唐突に会話は萎《しぼ》んでしまう。それでいてだれもそのことを気にかけたりしない。それぞれが自分の世界に帰っていく。

先生は文庫本の続きを読みはじめ、マスターはアイスピックで器用に氷をまるく砕いていく。

二杯目に注文したワイルドターキーのオン・ザ・ロックをちびちび飲んでいたら、ポケットのケータイが震えた。今も付き合いのある高校時代の友人、宮下《みやした》からだった。スツールから降りて店のドアの外に出てから通話ボタンを押した。

「今どこ？」

たいていの場合、宮下は最初にこの文句を発する。この夜もそうだった。

「いつもの店」

こたえると、「またピノキオかよ」と言われたので、「ピノキオじゃない。ピノッキオ」と訂正してやった。

「似たようなもんじゃねーか。こっちはシリウスにいる。来ないか？」

宮下の声の向こうから女の笑い声が上がった。

シリウスというのは、隣町にあるバーで宮下のよく使う店だ。彼に誘われて何度か行ったことがある。ママと呼ばれる中国人の女店主と若い女の子が数人いて、カラオケがある。カウンターの端にこぶりの水槽があり、ネオンテトラが数匹泳いでいる。それだけのことで、料金はピノッキオの倍はする。カクテルのひとつもつくれないくせに。地元の不動産会社の営業所に勤めている宮下は、ぼくと同じ独り身で、どうやらそういう店が好みらしい。

ぼくが返事を保留していると、「樋口って憶えてっか?」と声がした。

「樋口? 高校で一緒だった樋口だよな。ああ、憶えてるよ」

「結婚したとさ」

「いつ?」

「ついこないだ」と宮下は言った。うれしそうでも、悔しそうでもなかった。それほど興味はないような口振りだった。

「なあ、来《こ》いよ」

宮下の媚びるような声がした。

樋口が最近結婚したと聞いたときは、少し意外な気がした。正直ぼくらと同じように三十代になっても独身でいたとは思わなかった。世間がそれを許さない気がしたからだ。それとも独身生活を謳歌《おうか》していた、ということだろうか。

あの頃を思い出すといつも感じる鈍い疼きの訪れにぼくは備えた。そして宮下の話が、当時のようにそこで唐突に途切れないことを願いながら、彼の話の続きを待った。


高校時代、樋口修造は、ぼくの部屋を訪れる常連のひとりだった。

彼とどのようにして知り合ったのかは記憶にない。おそらく宮下あたりが、ぼくの部屋に勝手に連れてきたのだと思う。いつのまにか樋口は、ぼくの部屋に出入りするようになっていた。

ぼくと樋口は高校三年間で同じクラスになったことは一度もない。お互いの接点を探してもどこにも見当たらない。ぼくは帰宅部だったし、彼は幽霊部員にしろ軽音楽部に所属していた。しかも樋口は、ぼくや宮下とは決定的に異なる特別な資質を備えていた。というのは、樋口は女の子にとてもモテたのだ。

樋口と同じクラスだった仲間の話によれば、放課後になると彼はおもむろに黒いハードケースからギターを取り出し、教室の片隅で調弦をはじめる。概《おおむ》ね生徒たちが帰ると、前髪を垂らしてギターをつま弾いていた。甘いマスクをした痩せ型の長身の男は、どこにいても明かりを灯すように際立ち、周囲に女の子を集めた。

ただ樋口はそういうことに慣れていたのか、体操服の襟さえも平気で立てるようなところがあって、最初の内ぼくは胡散臭《うさんくさ》く思っていた。もっともそれはモテない男のひがみと言われてもしかたない。樋口がなにかやると周囲はそれを許容し、あるいは期待を持って見守っている気配さえあった。

——かっこいいやつは得だよな。

樋口を見ているとつくづくそう思った。

もしぼくが彼と同じ行動に走ったら、まちがいなく白い目を向けられたにちがいない。樋口のおかげで早い段階から、この世の中に平等なんて存在しないと気づくことができた。

ある日、休み時間に樋口がうちのクラスにやって来て、親しげにぼくに話しかけてきた。思いがけずぼくまで女子の注目を浴びることができた。どうして樋口修造が、松本になんて用があるのかしら。ぼくが受けたのは、そんな冷めた視線ではあったものの。

樋口はなんの脈絡もなくギターの話をはじめた。なぜぼくにそんな話をするのかと訝ったが、当時ぼくの父は楽器専門店を営んでいた。そのことをどこからか耳にしたらしい。樋口は学校にギターを置きっ放しにしているため、家で使う新しいギターの購入を検討していると言った。

「ところでさ、松本君のお父さんに頼んだら、安く買えたりしないだろうか？」

樋口は屈託のない笑みを浮かべてぼくに持ちかけてきた。

風貌からはロマンチストかと思っていたが、妙に現実的なやつだなとぼくは感心し、彼に少しだけ好感を持った。でもそれほど親しくもなかったぼくに、いきなり頼み事をするなんて、樋口だから許されるのだろうとも思えた。

家に帰ってそのことを父に相談したところ、快く引き受けてくれた。たぶんぼくの友だちは稀少と考えたのだろう。あるいは店にとってもそれなりに有益だったのかもしれない。父から預かったカタログを樋口に渡したところ、彼はいくつかのモデルをピックアップしてきた。ぼくはそれを父に伝え、父から聞いた特別な値段を樋口に提示した。彼はとても喜んだ。要するにほかの店で買うより安かったのだ。

ぼくは樋口に頼まれたギターをケースに入れて学校へ運んだ。樋口からギターの代金を受け取り父に渡したら、駄賃としていくばくかの金をもらった。なんだか樋口に悪い気がして、使っていないカポタストとピックを数枚プレゼントした。

「松本君も、一緒にやらない？」と樋口に誘われた。

父は音楽が好きで楽器店を開いたが、ぼくは音楽の演奏にそれほど思い入れはなく、所有するギターは部屋の片隅で埃《ほこり》をかぶっていた。そのギターは部屋に来る樋口が使うようになった。

「ギターが上手くなれば、少しはモテるようになるかな？」

ぼくが言うと、「そんなつもりでやってるわけじゃない」と樋口は即座にこたえた。それはそうだろう。彼はたとえリコーダーしか吹けなくてもモテるにちがいなかった。

高校時代のぼくは、まだそれほど太っていなかったし、メガネもかけておらず、髪の毛も薄くなかったけれど、モテないことに変わりなかった。

樋口はぼくの部屋にやって来ると、たいていの場合ギターをいじっていた。彼は女の子にモテるが故なのか、ごく親しい男友だちはいなかった。彼と一緒にいれば、必ずや引き立て役にまわる羽目になるからかもしれない。

バンドを組まないというより、組めない理由もそのあたりに原因がありそうだ。これまで何度かそういう活動を試みたけれど、うまくいかなかったと樋口は言っていた。おそらく彼ばかり目立ってしまうからだ。ぼくと親しかった宮下も、部屋に来るほかの連中にしても、樋口と積極的に付き合う姿勢は見せなかった。

その日の放課後、偶然校門の手前で樋口と顔を合わせ、お互いひとりだったこともあり、一緒に帰ろうという話になった。校門を出てバス停に向かう歩道を並んで歩いていくと、女の子が二人立っていた。二人とも近くにある私立高校の制服を着ていた。

彼女たちの前を通り過ぎようとしたとき、背中を押された女の子のほうが、肩をすくめながらぼくらに近づいてきた。小柄なかわいい子だった。どうやら彼女たちは待っていたようだ。もちろん、ぼくではなく、樋口を。

「あのう……」

彼女は言ったあと、「あなたはあっちに行ってて」とぼくに目配せをしてきた。

その手の扱われ方に慣れていたぼくは、しつけの行き届いた牧羊犬のように、少し離れた場所で待つことにした。長身の樋口は背中をまるめるようにして彼女の話を聞いていた。その態度には少しの衒《てら》いもなかった。

ぼくは二人のほうを見ないようにして、なにげなくグラウンドに視線を移した。金網の向こうのコートでは、テニス部がボレー&ボレーの練習をしていた。立ち止まって眺めていたせいか、白いスコート姿の女子部員に、「なに見てんのよ」という顔でにらまれた。しかたなくからだの向きを変えて、よく晴れた空を見上げた。

――こんなことってあるんだな。

学校という垣根を越えた愛の告白に、他人事《ひとごと》ながら感心していた。

気がつけば二人の女の子は樋口の前から遠ざかっていた。

「なんだって？」

近づいてくる樋口に尋ねた。

「付き合ってほしいって言われた」

「それで？」

「もちろん断ったよ」

「かわいい子だったじゃん」

思わずもったいない、と口に出しそうになった。ぼくなら絶対にその場で断ったりしない。最低一週間は悩んだと思う。

「そうは言うけど、まったく知らない子なんだよ」

「試してみたっていいじゃないか」

「試す？」

「そう。付き合ってみたら、あんがい気が合って、好きになるかもしれない」

「そういうのは、ちがうと思うよ」

樋口は怪訝《けげん》な顔でぼくを一瞥《いちべつ》して歩き出した。

「なんて言って断ったの？」

「『わるいけど、気になってる子がいるから』そう言った」

「それって本当のこと？」

「――まあね」

「いつもそう言って断るわけ？」

樋口は黙ったままうなずいた。

一度でもいいから、ぼくもそんなせりふを使ってみたかった。


校内における男女の交際については、市場原理のようなものが働いていたと考えられる。人気のある商品が売り場から先になくなるように、いい男やいい女は入学して早々にだれかのものになる。いい男やいい女といえども、だれかのものになってしまえば、手を出そうとしたりしない。多くの場合、恋愛の選択の対象からは外れてしまう。もはや人の手に渡ったわけで商品としての価値をなさない。自然と人の目は、残ったものへと流れる。そのようにして、校内の男女も流通していたのではなかろうか。

モテるくせにだれとも付き合おうとしない樋口修造の商品価値は、ますます上がる一方で、だから余計にモテたようにも考えられる。

「樋口のやつ、さっさとだれかと付き合えばいいのに」

　モテない男子のそんな切実な本音さえ聞こえはじめていた。

　樋口という存在があるがために、まだだれとも付き合おうとしない女の子たちがいたからだ。彼女たちは樋口という可能性を密《ひそ》かに信じていた。樋口が断りのたびに使う「気になってる子」とは、もしかしたら自分ではないか。そう願う女の子のなかには、それなりに自分の容姿に自信を持った子も残っていた。さっさと樋口が片付けば、相手のいない男子がおこぼれにあずかるチャンスだってなくはない。

　高校三年の秋。彼氏や彼女のいない者は、だれかと付き合うために、もうそろそろここらで手を打とうと考えていたにちがいない。そういう心理が働く時合《じあ》いだった。ぼくにしても高校生活で一度くらい女の子と付き合ってみたかった。

　秋の学園祭、樋口はギターの弾き語りでステージに立った。視聴覚室を女の子でいっぱいにして彼は気分よさそうに歌った。彼の歌を聴きながらハンカチを手にする女生徒の姿もあった。ぼくは彼と知り合いであることが誇らしかったと同時に、彼に対して畏怖《いふ》を感じてもいた。

　――樋口の気になっている子とは、だれなのか？

　学園祭のあとで、その疑問が広く取り沙汰されるようになった。彼とそこそこ仲のよいぼくにまで、追及の手が及んだ。「樋口君の好きな人って知ってる？」と何度女の子から訊かれたことか。だれもぼくの好きな人については質問しなかった。ぼくにだって気になる女の子くらいいたのに。

じつはぼく自身、樋口の気持ちを知りたかった。なぜならぼくと樋口の好きな子が同じであれば、ぼくのささやかな希望は奪われたも同然だからだ。樋口が相手では勝ち目はない。早いところ、ほかをあたったほうがいい。

ぼくの選んだ女の子、岡崎聡美《おかざきさとみ》とは同じクラスだった。彼女は高校に入ってから、まだだれとも付き合っていなかった。この夏まで卓球部。丸顔の彼女はけっして美人とは言えないけれど、適度に明るく、だれにでも気さくに話しかけるタンポポのような女の子だった。雑草のぼくでも、その仲間であるタンポポとなら、ひょっとしたらうまくいくかもしれない。そんな淡い期待を抱いていた。

十一月の冷え込んだ金曜日、ぼくの部屋に宮下と樋口がやって来た。部屋に上がり込むなり、樋口はコーヒーではなく温かいココアが飲みたいと平然と言った。我《わ》が儘《まま》なやつだと思いつつ、リクエストにこたえてやった。

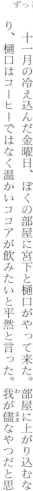

「それでどうなの？」

宮下は部屋に持ち込んだ話を続けた。

樋口はココアをすすりながら「だからいないわけじゃない」とこたえた。

「じゃあ早いとこ、その子と付き合えばいいじゃないか」

宮下はモテない男を代表するように樋口の尻を叩いた。

その日もいつものように会話が萎んで、各自が自分の世界へ浸っていくような成り行きだった。宮下は英単語帳をカバンから取り出し、樋口はギターを抱え、ぼくはミニコンポのアンプにつないだヘッドホンを耳にかけようとしていた。

「待ってるんだ」と樋口がつぶやいた。

「――なにを？」

ほぼ同時にぼくと宮下は尋ねた。

「だから、おれの好きな子に気づいてもらえるのを」

樋口はセルロイドのピックの先で頬をつつくようにした。

「それって、相手の告白待ちってわけ？」

宮下の声に苛立ちが滲んだ。

「そうじゃないけど……。そりゃあその子に告白されたら、その日からでも付き合うよ。相手の気持ちがわからずに自分から告白するのって、とてつもなく勇気の要ることだろ」

樋口が弁解がましく言ったので、「そう言う君は高校に入って何人の子から告白された？」と訊いてみた。

「さあ、どうだろう。三十人くらいかな」

「その約三十人の女の子は、みんな君の言うとてつもない勇気を発揮して、みごと君にふられたわけだ」

「まあ、そういうことになるね」

「今度は、自分の番じゃないのか？」

ぼくの言葉に、樋口は口をつぐんだ。

「なあ、考えてみろよ。樋口の場合、その子がおまえを好きかどうかなんて、わかりそうなもんじゃないか？」

宮下の言い分はもっともだ。樋口はモテる男としての自覚が足りない。なにを心配してるのか、と憤った。

「もしかして、その子にはすでに彼氏がいるとか？」

「いや、いない」

「同じ学校の子だよな？」

「もちろん」

「なら話は簡単じゃないか。自分から告白するのか、しないのか？」

宮下は、樋口に迫った。

「そろそろそういう段階にきてる、と自分でも思う」

樋口は観念したように首をふった。

「そうだよ。年が明ければ受験だからな。付き合うなら、この冬が最後のチャンスだ。おまえにとっても、おれたちにとっても」

「それもそうだな」

樋口は、宮下の言葉に目を細めるようにした。

「自信を持てよ。おまえならだいじょうぶだよ」

本来なら彼がぼくらにかけるべき言葉を口にしていた。

それでも樋口は心細げなため息をついた。

「それでいったいだれなの？」

ぼくは彼の口からぼくの好きな女の子の名前が出てこないことを祈りながら返事を待ったが、樋口はけっきょく口を割らなかった。ぼくらはそれぞれの位置に引っ込むと、いつものように思い思いの行動に移った。

次の日も樋口は、ぼくの部屋にやって来た。樋口に愛想をつかしたのか、宮下は現れなかった。すると樋口は自分から昨日の話を蒸し返した。これ以上彼を甘やかすのはよくないと考え、リクエストのココアはつくってやらなかった。

「わかるかな？　すごく気になるんだ。だからなんていうか、怖いんだ」

樋口の言葉に、ぼくは笑いそうになってしまった。こいつでも女の子のことで怖《おそ》れを抱くことがあるのかと——。

そのとき、樋口の気になっている子は、ぼくの狙っている岡崎聡美でないと閃《ひらめ》いた。なぜなら岡崎さんは男子生徒のあいだで人気があるわけではないし、特に注目されている存在でもない。あくまで自分にとって彼女になってくれそうな子だ。樋口が自信を持てないようなレベルの女の子ではない。

「うちのクラスの子じゃないね？」

尋ねたら、樋口はあっさりそれを認めた。ぼくは胸をなでおろした。

「そういえば松本ってさ、出身中学校は？」

樋口は突然話題を変えた。

ぼくが学校名をこたえると、「やっぱりそうだよな」と彼は満足そうにうなずいた。

「なんで？」

「いや、いいんだ」

「わかった。じゃあ、こうしたらどうだろう」

ぼくは樋口のために新たな提案をした。

「君がその子に告白する前に、事前に調査をするんだ。君の好きな子が、君のことをどう思ってるのか。言ってみれば探りを入れてみるわけだ。まったく可能性がないのであれば、告白しなければいい。それでどう？」

「ねえ、中学校のときの卒業アルバムってある？」

樋口の言葉は、ぼくの提案を完全に無視していた。こっちが真剣に話しているというのに、どこまでマイペースな男なのだろう。

「本棚のどこかにあるはずだよ」

腹が減ってきたぼくはそうこたえ、なにか食べ物はないか階下へ降りていった。リビングには家族の気配はなかった。キッチンに入って冷蔵庫を開けたが、めぼしい物は見当たらない。食器棚に未開封のビスケットの箱を見つけ、コーヒーを淹れて部屋にもどった。

「食うか？」

ぼくが箱を投げると、「さっきの話だけどさ、松本が好きな子を言うなら、おれも教えるよ」と樋口が言った。

ぼくはビスケットをかじり、コーヒーを飲んだ。なんだか小学生の取引みたいな会話だなと思いつつ、樋口の提案について考えてみた。ぼくの好きな女の子と、樋口の好きな女の子の情報価値を比べてみれば、悔しいけれど明らかに後者のほうに分がありそうだ。

彼がぼくの好きな子を知ってどうするのだろうと思ったが、「いいよ」とこたえた。

「もし好きな子がお互いにちがうなら、協力し合おうよ」

樋口が言ったので、うなずいた。すでにちがうと確信していたぼくは安心していた。

「じゃあ、おれから言うよ」

樋口は背筋をのばすようにした。

「ちょっと待って、ただ条件がある」

「条件？」

「そう。このことはお互いに秘密にしないか。宮下にも」

ぼくの申し出に、「オーケー、そうしよう」と樋口は賛成してくれた。

ぼくはいわば保険をかけたのだ。おそらく樋口のことだから、彼はうまくいくだろう。でもぼくはうまくいかないかもしれない。その場合、おしゃべりな宮下に言いふらされたくなかった。

「うちの学校の子で、この近くに住んでいる子がいるよね」と樋口は言った。

「近くってどれくらい？」

「そうだな、広く見積もって、この家から半径一キロ圏内ってとこかな」

「学年は？」

「同じ」

「ああ、何人かいるね」

ぼくは数人の女の子の顔を思い浮かべた。

「そのなかに、おれの気になってる子がいるんだ」

ということは、とぼくは考えた。昨日、樋口は気になってる子には、彼氏はいないと言っていた。かわいい子順に並べて、彼氏がいる子を頭のなかで消去していくと、思わず「え？」と声が出た。該当する女の子はひとりしか残らなかった。

——野嶋民代《のじまたみよ》だ。

メガネをかけた民代は、肌の色が病的に白く、そのせいで小学生の頃はいじめを受けていた。おとなしくしていればいいものを、民代は反発をして、余計に被害をこうむるような愚かなところがあった。中学時代に同じような目に遭っていたかどうか知らないが、いずれにしても存在感のかなり薄い女子といえた。

「ひょっとして、野嶋？」

　ぼくは言った。

「そう、彼女」

「ああ、知ってるよ」

　知ってるもなにも民代とは幼なじみだった。中学時代は同じクラスになったことはないが、小学生のときは何度か一緒だった。

「で、あいつがどうかしたの？」

「いいと思うんだ、野嶋さん」

　そう言った樋口の顔を見てハッとした。樋口はまぶしげに細めた目を泳がせ、染めた頰をひきつらせた。そんな彼の表情を見たのは初めてだった。思いがけない告白に、しゃっくりが出そうになった。

「野嶋って、あのメガネの野嶋でいいんだよな？」

　ぼくは唾をゴクリと飲み訊き返した。

「うん、そう」

「長い髪を後ろで三つ編みかなんかにしてる色の白い無口なやつ？」

「そうだね、髪は長い。たしかに色白だね。無口だとは思わないけど」

口のなかに異物でも入れているように、もごもごと樋口は話した。

「マジで？」

「マジだけど……」

人というのは、わからないものだとつくづく思った。人の価値観というのか、美的感覚というのか、ぼくと樋口とでは眼球の仕組みが異なるようにさえ思えた。同じものを見ていたとしても、見え方がちがうのだろうか。樋口ほどの男が、なぜ野嶋民代なのか、正直そう思った。笑ってはいけない。けれど、頰のあたりが、どうしても自然にゆるんでしかたなかった。

「彼女、性格もすごくいいと思うんだ」

「冗談じゃないんだよね？」

「本気だよ」

樋口の顔がこわばった。「松本は、どう思ってるのか知らないけど、あの人は将来すごく美しい人になるよ」

あるいはそうかもしれない、とぼくは思った。その手の期待や憶測は個人の自由であるべきだ。

――へー、あの民代が……。

しかしその驚きは、ぼくの脳裏にシールのようにぺたりと貼り付いて、なかなか剝がれてくれなかった。

「松本は、野嶋さんには興味ないってことだね？」

樋口が念を押すように訊くので、「もちろんだよ」と笑いながらこたえた。

ぼくは自分の好きな子として岡崎聡美の名前を明かした。ぼくが岡崎さんのよさについて語っているあいだ、樋口は真剣に聞きもせずギターをつま弾いていた。なにか価値のないものに、自分が夢中になっているようで、ある種の虚しさを感じた。

教室の窓から見えるナナカマドの葉が実と同じ赤色に染まる頃、休み時間の教室では棒針をせっせと動かして編み物をする女子の姿が目立つようになった。彼女たちがなぜそのような行動をとるようになったのか、鈍感なぼくはわかっていなかった。受験勉強の合間の気分転換か、あるいは暇つぶしだと思っていた。彼女たちの使っている毛糸は一様に白かった。そんなグループのなかに岡崎さんも入っていた。

樋口とお互いに好きな子の名前を交換し合ってから数日後、ぼくは廊下で岡崎さんに呼び止められた。たくさん人がいる状況だったこともあり、かなり緊張した。

「なにか？」

過度にそっけなくならないように返事をすると、「松本君ちって、ギター屋さんなの？」と訊かれた。否定はしたくなかったぼくは、「まあ、そんなところ。楽器の専門店だけど」とそれとなく訂正した。

「じゃあさ、ギターに関するカタログとかもらえるかな？」

岡崎さんは息を弾ませるように言った。なんだかこれからすごく楽しいことが待ち受けている、そんなふうに見えた。

「ギター、弾くの？」

訊き返すと彼女は首を横にふり、「ちょっとね、興味持ったの」とこたえた。

どうせならぼくに興味を持ってほしかったのだが、「いいよ」と快諾した。

「サンキュー」

岡崎さんは微笑んでから足早にいってしまった。

その後ろ姿を見つめながら、思わず心のなかでガッツポーズをとった。

ぼくは樋口に売ったのを皮切りに、すでに五本のギターを校内でさばき、ちょっとした小遣い稼ぎをしていた。岡崎さんがギターを購入したいというのであれば、喜んで勉強するつもりだったし、一緒に練習したっていい。思いがけず彼女との距離を一挙に縮めるチャンスが到来した。

数日後、「ようやくカタログが手に入った」と岡崎さんに伝えた。本当は次の日には用意できていたのだが、タイミングを計ってもいた。「サンキュー」と笑顔を返されたぼくは、「それじゃあ放課後渡すから」となにげなく言った。「うんうん」と彼女はうなずいてくれた。

西日の差す教室で、ぼくと岡崎さんはカタログを挟んで座った。彼女はカタログをぺらぺらとめくりながら、「どれがいいかなぁ」とさっきから思案している。ぶ厚いギターの総合カタログには、各種のギターが掲載されていた。

岡崎さんはエレキ・ギターやアコースティック・ギターのページを行ったり来たりしていたため、「まずは、タイプを決めた方がいいんじゃない」と軽くアドバイスした。

「まあ、それもそうなんだけどね」と彼女はつぶやいた。

ぼくはだれにも邪魔されず、岡崎さんと二人きりでいることに興奮を覚えた。彼女の息づかいが聞こえたし、手を伸ばせばつややかな髪に触れることもできた。岡崎さんなら、ぼくと付き合ってくれるかもしれない。女の子と付き合える可能性を今までで一番強く感じた。彼氏のいない彼女にとってもわるい話ではない。お互いお似合いなんじゃないか、などと勝手な思いをめぐらせていた。

それからしばらくして、「やっぱりこれかな」と言って、岡崎さんの人差し指がカタログの上で止まった。

「え、これ？」

「うん、これにする」

彼女が指先で押さえたのは、クラシック・ギターでもアコースティック・ギターでもエレキ・ギターでもなかった。それはギター用のアクセサリーのページに載っているストラップだった。本革製のそこそこ高価な品だ。

「でもこれ、ギターを持ってない人には必要ないよね？」

「いいの、これに決めたの」

彼女は頰を染めて早口になった。

ぼくのまわりが突然しんとしたような気がした。すると隣の教室からギターをつま弾く音が聴こえてきた。その旋律に合わせて、岡崎さんは鼻歌を口ずさんでいる。弾いているのは、まちがいなくあの男だった。さっと血の気が引いていった。視野が狭くなっていく感じを生まれて初めて体験した。

帰宅後、ファンヒーターに石油を入れている父にストラップの件を話すと、機嫌が悪かったのか、「あんまり値引きはできないぞ」と言われてしまった。

気がつけば、クリスマス・イブが近づいていた。


岡崎聡美が告白の準備をしている。

相手はどうやら樋口修造らしい。

そんな噂《うわさ》を耳にした。

情報の出所は、樋口に以前ふられた経験を持つ女子。そいつは樋口にふられた腹いせなのか、彼に関するよからぬ噂を度々流しているという話だった。「聡美も馬鹿だよね、ふられるに決まってるのに」。そう、うそぶいていたらしい。

もしそれが事実であるならば、岡崎さんに頼まれたギターのストラップは、時期から考えて、樋口へのクリスマス・プレゼントの可能性が高い。

ぼくは肩を落とした。致命的な勘ちがいをしていた。樋口が岡崎さんを好きでなくても、岡崎さんが樋口を好きな場合は充分にあり得たのだ。心のどこかで彼女は身の程をわきまえ、樋口を選んだりしないと決めつけていた。

岡崎さんは勇気のある人だと思う。とはいえ、このままいけば、まちがいなく樋口にふられるだけだ。だれも幸せにはなれない。

その日、樋口に誘われて彼の部屋を訪れた。事情を知った樋口は、なにも言わずに温かいココアをだしてくれた。むしろぼくはコーヒーを飲みたかったたが、それは言わなかった。

「もしそういうことが起きたら、松本にすぐ教えるよ」

樋口はそう言ってくれた。「だけど、なんとかおれへの告白を、阻止できないものかな」

「どういうこと？」

「おれは野嶋さんと付き合いたいし、君は岡崎さんと付き合いたい。そうだよな？」

ぼくはうなずいた。

「それじゃあ、お互いにそうなるようにベストを尽くすべきだろ？」

「ベスト？」

「おれがわざと岡崎さんに嫌われるようなことをしようか？」

「たとえば、どんな？」

「そうだなあ、彼女に卑猥《ひわい》な言葉を口走るとか」

「でもそれじゃあ、君のイメージに傷がつくだろ」

「たしかに……。じゃあ、こうしたらどうだ。岡崎さんがおれに告白する前に、松本が彼女に告白しちゃうんだ」

「なるほど」

ぼくは一瞬思ったが、すぐに考えは変わった。「だけどさ、岡崎さんが君に告白する気満々のときに、ぼくが彼女に告白してどうするの？」

「そうか……」

二人で頭を抱えた。

しかしこの逆境を覆す方法をひとつだけぼくは思いついた。それは簡単なことだった。樋口がいなくなりさえすればいいのだ。そのことを口にしたら、彼は両手でぼくを制するように向け、「冷静になろうよ」と言った。

クリスマス・イブ以前に、樋口がほかのだれかと付き合ってしまえば、岡崎さんのなかでの樋口の存在は確実に死ぬ。岡崎さんは当然告白をあきらめるだろう。それには樋口と民代のやつを結びつけるしかない。そうなれば自分より民代を選んだ男に、岡崎さんは幻滅するはずだ。怒りさえ抱くかもしれない。その間隙《かんげき》を縫ってぼくが彼女に告白する、という作戦を立てた。モテない男が恋を成就するには戦略が必要なのだ。

「なるほど、いなくなるって、そういうことか」

「どうだろう？」

「わかった。万事任せるよ」

樋口は決断を下した。

樋口の部屋を出て、自転車に跨《また》がったぼくが首をすくめて寒さに震えると、「ちょっと待ってろ」と樋口は言った。いったん部屋にもどった彼は、白い毛糸の塊を両手に抱えてきた。よく見ればそれはマフラーの束だった。

「寒いだろ。好きなの持ってけよ」

「でもこれ、全部手編みじゃないか」

「去年の冬に女の子からもらったんだ。七本くらいあるかな。もうどれがだれのものかもわからない。使わないのも、もったいないじゃないか。捨てるくらいなら、だれかに使ってもらったほうがいい。そういう発想も必要だろ」

「いいのか？」

「いいに決まってるよ」と樋口は言った。「このまま持ってたって、在庫が増えるだけさ」

ぼくはお言葉に甘えて、からみ合ったマフラーのなかから比較的目の詰まったしっかりしたものを選んだ。首に巻くとチクチクしたけれど暖かかった。なぜ女の子は、使ってももらえぬマフラーを一心不乱に編むのだろう。そしてそのマフラーの色は白でなくてはいけないのだろう、と思った。

「じゃあ、頼んだぞ」

樋口の声はいつになく弾んでいた。


次の日、さっそく野嶋民代に会って直接話すことにした。

樋口の惚れている民代は、ぼくの近所に住んでいて、小学生の頃から親同士の付き合いが続いていた。ぼくの母は野嶋を〝タミちゃん〟と呼んでいたし、民代の母はぼくを〝クニちゃん〟と呼んでいた。地元で会うのは抵抗もあったけれど、同じ学校の生徒に会う可能性は低かったため、通学路に面した児童公園で民代を待ち伏せることにした。

しばらくして制服姿の民代が歩いてきた。身長はいつのまにか伸びたようで百六十センチはありそうだった。昔はちんちくりんだったのに、ずいぶんと大柄に見えた。民代の制服は一切改造されていない様子で、スカートの丈がやけに長かった。大きな茶色のメガネのフレームは、かなり時代遅れな感じがしたし、神社の賽銭箱の前にある鈴を吊《つる》している鈴緒のように、髪の毛を後ろで長く一本に編んでいる。うつむきがちに歩くその姿は、全体的に人生が楽しそうには見えなかった。

まるで気にしていなかったこともあり、ずいぶん昔とは変わっていた。それにしても樋口は、なぜ彼女を選んだのだろう。小学生時代の民代を知るぼくは、先入観が邪魔をして今の彼女を正しく判断できる気がしなかった。

ひとまず児童公園の出口へ向かったが、どんなふうにアプローチすればよいのか迷った。民代とは近所に住んでいながら、小学生以来口をきいていない。ひとまずここはやり過ごそうと、公園の植え込みの柵になにげなく腰かけていたら、「どうしたの、松本?」と民代のほうから声をかけてきた。幼なじみとはいえ呼び捨てにされたことに抵抗を覚えたが、ここは我慢することにした。

「やあ、ひさしぶり」

ぼくは振り向くと愛想笑いをした。

「なにそれ、いつも学校で会ってるじゃん」と民代はこたえた。なんだか小学生の頃と変わらない口ぶりだった。

民代はそのまま行き過ぎることもできたはずなのに、立ち止まったままでいる。

「じつはさ、折り入って話があるんだ」

ぼくは言ってからすぐに後悔した。民代はいじめを受けていたこともあり、おそらく猜疑《さいぎ》心が強く、人の頼みを簡単に受け入れるとは考えにくかった。だから「折り入って」なんて言葉は、彼女を警戒させるだけで使うべきではなかった。

「どうした、腹でも痛む？　うちのトイレ使うか？」

その言葉に、なんなんだこいつ、と思いながら、自分の顔の前で小さく手をふった。

「野嶋さ、君にとてもいい話を、今日は持って来たんだ」

ぼくが言うと、民代は身構えるように顎を引いた。

この言い方もまずかった。「とてもいい話」なんて、なんだか詐欺師《さぎし》の口上みたいじゃないか。

「いったいなんなの？」

案の定、民代はレンズの奥の目を細めた。

「ちがうんだ。じつはね、君のことをいいと思ってる人がいるんだ」

「いいって？」

民代はにこりともせずに訊き返した。

「つまり、付き合いたいって」

葉っぱの裏にアブラムシを見つけたような顔付きで民代はぼくを見た。

「どうかな？」

「馬鹿にしてる？」

「なんでだよ、なんで君を馬鹿にしなきゃならない？」

「ずっと、そうされてきたから」

「だれに？」

「多くの人に……」

民代はあきらかにぼくをにらんでいた。

「ちょっと待って、落ち着こうよ。つまりさ、これは『ドッキリ』なんかじゃないんだよ。とても真面目な話なんだ。そのことはわかってくれよ」

「まだあたしをいじめ足りないの。またそうやって、笑いものにでもするつもり？」

「なんだよ。なんでそうなるんだよ。それにぼくが、いつ君をいじめた？」

つい興奮して口から泡を飛ばしてしまった。

公園を横切っていく小学生の一団がぼくらを見て、「ヒューヒュー」などと囃《はや》したてたから、余計に腹が立った。

「――そうだね」

民代はこたえるとうなだれた。「松本は、いじめなかったよね。でも……」

「でもって、なに？」

「守ってもくれなかった」

「野嶋さぁ」

ぼくはあからさまにため息をついて続けた。「たしかにその通りだよ。ぼくは君をいじめなかったけれど、守れなかった。それは同罪なのかもしれない。そのことは申し訳なかったと思う。でもさ、野嶋はもう昔の野嶋じゃないだろ。くよくよしても、はじまらないよ。過去のことなんて気にするなよ。高校生になって、ずいぶん変わったじゃないか。きっとさ、これからますます変わると思う。いや、今の野嶋も悪くないんだよ。でもね、たとえば髪型を変えたり、メガネをコンタクトにしたり、化粧をしたりしたら、これは相当に変わる可能性大だよ」

「ほんとうにそう思う？」

「思うよ、強く」

「――ありがとう」と民代は言った。

「どういたしまして」

ぼくはうなずき、続けて本題に入った。民代の気持ちを探るのではなく、ストレートに用件を伝えることにした。それがもっとも簡単な方法に思えたからだ。

「樋口修造は知ってるよね」

「うん、前に同じクラスになったことがある」

そうだろう。うちの学校の女子生徒で彼を知らなければもぐりだ。

「ぼくと樋口は仲がいいんだけど、彼のことどう思う？」

　ぼくは誇らしげに言った。

「どうって？」

「だからさ、かっこいいって思うだろ？」

「えーっ」

　民代はなぜか怪訝な顔をした。

　でもそれは照れ隠しのポーズなのだと受け取った。

「じつはさ、樋口が君のこと、気になってるみたいなんだ」

　民代の喜ぶ顔——これまでいじめも受けたけど生きてきてよかった、という笑顔——を期待したが、さらに表情を硬くし、その口から思いがけない言葉を吐いた。

「あんなキザな男、嫌だ」

「なに言ってんだよ。樋口修造だぞ。彼と付き合いたい女の子はごまんといる。知ってるだろ？」

　こいつは照れているだけだ。そう思い、笑いかけた。

「知らない」

「嘘だろ？」

混乱しつつも言葉を探した。「樋口は見ようによっては、そうだな、ちょっとナルシストに見えるかもしれない。ほんの少しね。でもとても性格はいいんだ。その証拠にぼくなんかとも付き合ってくれてる」

即答した。

「やだ、あんな人」

「ねえ、ちょっと待てよ。これは君にとってさ、すごいチャンスだと思うんだよね。こんな言い方失礼かもしれないけど、ぼくが君の立場だったら、絶対に逃がさないと思うんだ。樋口と付き合えば、野嶋の株だってぐんと上がるはずさ」

ぼくは精一杯腹を割って話したつもりだ。樋口も変わっていると思ったが、民代もまた彼以上に歪《ゆが》んでいる。

「――松本」

「なに？」

「そんなにかっこよくて人気のある人と、あたしがうまくいくと思う？」

民代は子供のように下唇を嚙《か》んだ。頰が紅潮していた。それは恥じらいなのか、あるいは怒りなのかさえ、もう見当がつかなかった。

「じゃあ、どんな男がいいって言うわけ？」

ぼくの問いかけに民代は沈黙でこたえた。手を入れていない太い眉の根にしわが寄っている。民代は自問し、苦悶しているようだった。

民代に自信がないことはわかっていた。だからできるだけぼくは褒めた。褒めすぎたくらいだ。だが、どこかでまちがいを犯したようだ。民代にも人並みに自尊心という柔らかな部分があって、ぼくがうっかりそれを踏みつけてしまったのだろうか。そのときはそう思った。

民代はなにも言わずに歩き出した。お参りの人が神様にお出ましいただくために、鈴を吊している鈴緒を振ったように、後ろで編んだ髪の束が左右に大きく揺れた。

そういえば小さい頃、この公園で民代と遊んだことを思い出した。性別など一切意識せずに一緒にかけっこをしたり、ブランコに乗って靴飛ばしをしたりした。民代の後ろ姿を眺めていたら、腰のくびれや丸みを帯びた腰まわりに自然と目がいった。ずいぶんと女らしくなっていた。それはそうだろう。昔遊んだ公園が、こんなにも小さく見えるのだから。

ぼくは樋口に合わせる顔がなかったが、とりあえず彼の家へ自転車で向かった。部屋に上がるなり「どうだった？」と訊かれたので、正直に話すことにした。「現状では、野嶋は君に興味はなさそうだ」と。

「やっぱりそうか」

樋口は親指の爪を嚙んだ。

「きっと混乱してるんだと思うよ」

「混乱？」

「そう。——彼女はさ、今までだれかに素敵だとか、付き合いたいとか、言われたことがないんだ。だから混乱してるんだ。つまり正しい判断ができないんだよ」

「それはどうかな……」

樋口は冷めた口調で言った。「松本はさ、たしかに野嶋さんのことをよく知ってるんだと思うよ。でもそれはかなり以前の彼女についてであって、今の彼女ではない気がする。おれは今の野嶋さんをまったく知らないわけじゃない。一年のときに同じクラスだったからね」

「それはそうかもしれない」とぼくは認めた。

「おれが放課後ギターを弾いていたときのことさ。野嶋さんが教室に入ってきたんだ。おそらく忘れ物でもしたんだろう。そのときちょっと話がしたくなって、野嶋さんに声をかけたんだ。『今のぼくの歌、何点？』って。そしたら彼女、『四十六点』って即答してさ」

「あいつ……」

馬鹿が、と思った。

「それでさ、その根拠を知りたくて訊いたら、言われたんだ。『愛が足りない』って」

「なに生意気なこと言ってんだ」

「そうじゃないよ。おれ、その通りだなって思った。自分には、愛が足りないって。うちは小さい頃から両親が共稼ぎでね、あまり構ってもらえなかった。おれは三人兄妹のまんなかだったしね。それから野嶋さんはこう言ったんだ。『かっこ満点、中身は四十六点』って」

「フツー言うか、そこまで?」

ぼくは額に右手をあて、呆れてしまった。

「だからこそ、おれは彼女に惹《ひ》かれたんだと思う。おれには、彼女のように欠点をはっきり指摘してくれる人が必要なんだよ。なんていうか、対等な立場でさ。彼女はね、外見で人を選んだりしない。中身がちゃんと見えてるんだ。本当はすごく温かい、そう、ココアみたいな女性だよ。だから、おれはあきらめない……」

樋口の言葉は熱を帯びていた。

恋は盲目と言うけれど、それはいくらなんでも民代を買いかぶりすぎだ。でもそのことは黙っていた。

「外見なんて、人を好きになるきっかけにすぎないよ」

樋口は、ぼくの心を見透かすような言葉を口にした。

「まだ時間はある。もう一度、野嶋に話してみるよ」

ぼくは自分を鼓舞するように言った。

「それがさ、時間はもうないんだよ」

「え？」

「今日って、十二月十八日だろ。じつはさ、おれの誕生日なんだ。今日の放課後、岡崎さんに告白された」

樋口は静かに言った。

ぼくはその言葉に愕然とした。告白はクリスマス・イブだと思い込んでいた。ぼくが民代と会っているあいだに、そんなことが起きていたとは……。

「これ、もらった」

樋口はカバンから薄いピンク色の封筒と、ついこないだぼくが彼女に売ったギターのストラップ、それに白い手編みのマフラーを取り出した。

「手紙、読んでみるか」

こたえないでいると、黙ったまま封筒の中身を渡された。

ぼくは樋口に背中を向けて手紙を読んだ。それは、ぼくの好きな人がぼくでない人間に向けて書いたラブレターだったけれど、ぼくが初めて読む本物のラブレターというものだった。

岡崎さんがきっと迷った末に選んだのであろう花びらをあしらった便箋には、樋口君のことが一年生の頃から好きだったと、淡いブルーのインクでつづられていた。

　自分にとって樋口君はとても遠い夢みたいな存在だから、付き合ってもらえないことはわかっている。それでも気持ちだけは伝えたかった。だからけじめとして返事はください、と結んでいた。

　ぼくは便箋を元通りに折りたたみ、後ろ向きで樋口に渡しながら言った。「返事、してやったのか？」

「ああ」

「なんて？」

「いつもと同じだよ」

「そっか……」

　ぼくは壁紙に残った蟻の巣よりも小さな画鋲《がびょう》の穴をじっと見つめた。

「――すまない」

　樋口は言ったけれど、それはちがう。

　岡崎聡美はふられることを覚悟して樋口に告白したわけで、その気持ちは自分で抑えられないほど強かったのだ。ぼくはそこまで彼女が好きかと問われれば、正直自信がなかった。

　いつの頃からか、モテないぼくは消去法により自分に見合うような女の子を探すようになっていた気がする。最初から高嶺《たかね》の花は望まずに、相手を値踏みして選んでいたわけだ。傲慢で、それこそ愛が足りなかった。臆病で、姑息で、打算的で、卑怯《ひきょう》だった。

「このマフラー、使うか？」

樋口はなにげなく言った。

ぼくの脳裏に教室で楽しげにマフラーを編む岡崎さんの姿が浮かんだ。白いマフラーはとても手触りがよさそうだったけれど、触れなかった。自分が触れてはいけない、と思った。一瞬痛みのような怒りが込み上げたが、じっとしているとすぐに収まった。

「そろそろ帰るわ」

ぼくはなるべく普通に言うと、樋口の部屋を出た。

彼の誕生日を祝う言葉は、言い忘れてしまった。

クリスマス・イブは雪になった。

夜半から降り続いた粉雪は、ぼくの住む町の景色を一変させた。

学校からの帰り道、いつもなら真っ暗になる時刻のはずなのに、降りしきる雪のせいか白《びゃく》夜《や》のようにあたりは明るかった。遊具が雪で埋もれた児童公園の前を通ったとき、公園に人の気配がした。サザンカの生け垣からのぞくと、制服姿の女子生徒が雪の上にひざまずき、ブランコの腰かけの上にミニチュアの雪だるまをつくっている。

——もしや、と思った。

「野嶋？」声をかけると、「松本？」とふり返った。

それは見たことのない野嶋民代だった。

ぼくが呆然としてポケットに手を突っ込んだまま突っ立っていると、民代は白い息を試すようにしながら近づいてきた。

「これ、あげる」

民代は近所にあるデパートのマークの入った紙袋を差し出した。

「なんだよ、これ？」

袋のなかをのぞくと、なかには手編みらしき白いマフラーが入っていた。

「お礼だよ」

「なんの？」

「あたしを認めてくれたのは、松本が初めてだから。松本の言ってくれたこと、やってみた」

目の前で民代は淡く微笑んだ。編んだ長い髪をほどき、ぶかっこうな大きなメガネを外し、太かった眉がほどよく整えられていた。寒さのせいか頬は紅を差したようにほどよく赤みが差している。民代は、民代でなくなっていた。

――あの人は将来すごく美しい人になるよ。

樋口の言葉を思い出した。

「ねえ、松本とだったら、付き合ってもいいよ」

「え？」

「幼なじみだし、小学校の頃から知ってるから」

「ちょっと待てよ。冗談言ってる場合じゃないよ」

「冗談じゃないよ、――好きなんだよ」

民代は言うと、にっと笑ってみせた。

ぼくは雪だるまのように、その場で動けなくなった。

「なんでそんなに困った顔するかなぁ。松本、あんたの眉毛下がりすぎだよ」

民代は笑いながら言うと、公園のブランコのほうへずんずんと歩き出した。降りしきる雪のなか、ぼくの手にしたマフラーと同じように、世界は純白に埋もれていた。小さな雪だるまを乗せたブランコが静かに動きだし、雪は音もなく降り続いた。

――初めてだった。

人から好き、と言われたのは。

ぼくの人生において、野嶋民代は、最初にぼくを「好き」と言ってくれた。

――なぜだろう。

そのことだけで、ぼくは満ち足りていた。


その後、ぼくはだれにも知られないように、密かに野嶋民代と付き合いはじめた。樋口との取り決めは反故《ほご》にした。そうしたのは、純粋に民代のことが好きだったからではない。民代の思いに自分なりにこたえたかったのだと思う。それに樋口ほどの男が惚れる女の子なのだから、きっとそれだけの価値があると考えた。樋口に対する嫉妬も否定しない。ぼくは樋口が手に入れることのできなかったものを手にしたかった。

民代は今までどおりメガネをかけ、髪を三つ編みにして学校に通った。ぼくと民代は、学校ではひと言も口をきかなかった。民代にそうするように求めたのは、このぼくだ。民代と付き合うことが、恥ずかしいことのように思えたし、もちろん樋口に知られたくなかった。彼女は黙って従ってくれた。

卒業までなんとか秘密を守り抜くつもりだった。しかしあっけなくぼくらの関係は樋口にばれてしまった。ある日突然、樋口が民代に告白したのだ。民代は「あたしには付き合っている人がいる」とこたえてしまった。

その日、樋口はぼくの部屋をひとりで訪れた。彼はいつもの場所に座ったけれど、ギターを手にしようとはしなかった。

「どういうことなんだよ」

樋口は青白い顔でぼくに迫った。

ぼくには返す言葉がなかった。

樋口の手がぼくの胸ぐらをつかんだ。殴るなら、殴ればいい。観念したぼくを、彼は哀れむような瞳で射貫《いぬ》き、黙って部屋から出て行った。

ぼくと樋口との関係は終わった。彼は二度とぼくの部屋を訪れようとはしなかった。

樋口はぼくらのことを口外しなかった。民代もまた樋口に告白されたことを人には明かさなかった。樋口は卒業まで、だれとも付き合わなかった。


大学入学後、ぼくと民代は二人だけで過ごす時間が多くなった。どこへ行くにも一緒だった。でも二人の関係は友人の宮下さえ知らなかった。ぼくと民代は近所に住みながら、お互い親にも黙っていた。なぜそういう付き合い方になったかといえば、高校時代の関係を引きずったからだろう。ぼくにはなんとなく後ろめたさがあった。樋口に対する罪悪感は、何度洗っても落ちないシミのように心の襞《ひだ》に残り続けた。

やがて樋口の予言は的中する。大学に入学した野嶋民代は美しく脱皮しはじめた。もともと背が高くスタイルのよかった彼女は、メガネを外し、髪をほどき、化粧を覚え、ファッションのセンスを身につけると、自らを解放していった。美しくなった彼女は、驚くほど社交的になった。

そんな変貌していく民代に対して、いつか自分から離れていくのではないかと、ぼくは不安を募らせるようになった。周囲の人間が、なぜあんなつまらない男と付き合っているのかと、民代に忠告しまいかと気に病んだ。民代が美しくなればなるほど、民代のぼくへの愛をたしかめることに躍起になった。ときには残酷な手段を用いて彼女を困らせ、あるいは傷つけた。そんな自分を愚劣だと自覚しつつ、なおもそれを繰り返した。

結局、ぼくと民代は二年間付き合って別れた。打算の上に成り立った関係は長くは続かなかった。ぼくらの愛情の均衡は崩れ、あっけなく土台から失われた。要するに、愛という下地が足りなかったのだと思う。

ぼくは民代と別れて、ある意味ほっとした。もうこれで彼女のことで悩まなくてもすむ。そう思えたからだ。ぼくが樋口にしたように、彼女がぼくを裏切るのではないかという疑心暗鬼に駆られることから解き放たれた。

父が亡くなったあと、ぼくは楽器専門店を引き継いだ。数年後、経営に行き詰まり、古物商の許可を受け、リサイクルショップに切り替えた。自分にはそのほうが合っている気がした。冬の寒い日に、手編みのマフラーを樋口からもらったときにかけられた言葉が、頭のどこかにこびりついていたのかもしれない。

民代と別れてから、ぼくは体重が二十キロ近く増え、コンタクトレンズをやめてメガネになり、髪の毛が薄くなっていった。何人かの女性と付き合う機会を持ったが、いつも長続きしなかった。

野嶋民代のその後については、母から噂を聞いた。民代は結婚し、子供をもうけ、やがて離婚した。民代の母親は、実家に帰るよう何度も説得したが、彼女は従わなかったようだ。


近いうちに会おうと約束して、ぼくは宮下からの電話を切って店にもどった。

店のなかに入ったとたん、メガネのレンズが曇ってしまった。なんとか自分のスツールにたどり着き、よじのぼるようにしてカウンターの席に腰かけ、氷の溶けてしまったワイルドターキーのオン・ザ・ロックを一息に呷《あお》った。結ぼうとする口元がどうしてもゆるみ、からだの奥に火照りのような懐かしい高揚感があった。

電話をかけてきた宮下は、高校時代にぼくの部屋によく来ていた樋口修造の消息を教えてくれた。樋口がようやく結婚したと。

「さぞや若くてきれいなかみさんなんだろうな」

ぼくが言うと、宮下は「人生わからないもんだよな」とこたえた。

「そうかい？」

「だって樋口の結婚した相手は、同じ歳のバツイチで、しかも子供までいるらしいぜ」

「そうなんだ」

意外な選択だった。

すると、宮下の呆れたような声が聞こえた。

「ほらあれ、なんて言ったっけ。同じ学校にいた、おまえんちの近所の、髪の毛を後ろで馬の尻尾《しっぽ》みたいに長く結んでた女……」

宮下は名前を思い出そうとしたが、途中であきらめてしまった。

ようやくぼくは、卒業アルバムに穴を開けた犯人を断定することができた。

ぼくの卒業アルバムの切り抜かれた矩形の穴には、パズルのピースのように、ある人物の顔がすっぽり収まるはずだ。それは中学時代のおそらくは不機嫌そうな野嶋民代の写真だ。そしてアルバムに残された「一九九九年　樋口修造に寄贈」の文字。あれは実行犯である樋口自身によるサインだと確信した。彼はずっと以前に、ぼくから彼女を奪い去っていたというわけだ。

二人がその後どのように再会を果たし、今にこぎ着けたのかは定かではない。ただこれだけは言えるような気がした。

樋口修造の愛は、本物だった、と。

ぼくはカウンターの空っぽになったグラスを見つめながら、「まいったなぁ」とつぶやいた。「負けた」とは口にしたくなかった。

自分には、たしかになにかが足りなかったのだと思う。それは認める。でもそのことをいつまでも引きずろうとは思わない。引きずるのではなく、大切な出来事として、ずっと忘れないでおこうと思う。

あの雪の日の告白を。

初めて人に好きだと言われたときの、たとえようのない、あの最高の瞬間を。

過ぎた日は、いつも同じ昨日

その本を手にしたのは、地方都市の半ばシャッター通りと化した商店街にある、四十坪足らずの書店だった。バスを待つあいだの時間潰しのつもりで立ち寄って、文芸書の棚をぼんやり眺めているとき、一冊の上製本の背表紙がふと目にとまった。

知らない土地へふらりと旅立つことのできないわたしが、せめて自分の時間を使って読む本くらい先入観なしに選びたい、と強がっただけかもしれない。長めのタイトルも著者の名前も本の発行元の出版社も、まったく覚えがなかった。

棚から本を抜き出すとき、自分はこの本をきっとレジへ運ぶだろう、という予感があった。理由はうまく説明できない。でもこれまでも、そうやって出合ってきた本は少なくない。もちろん迷う場合もあって、その場をいったん離れるケースもあるが、店を出る前にもう一度本のあった棚に引き返すことになる。多くの場合、そういう本は、期待に見合うだけの充足をわたしに与えてくれた。

淡く滲んだ色彩のイラストをあしらったカバーは、涼しげで落ち着いた雰囲気を醸しだしていた。帯は外れてしまったのか見当たらず、大袈裟《おおげさ》な惹句《じゃっく》に惑わされずにすんだ。表紙と本文のあいだをつなぐ見返しは浅葱色《あさぎいろ》の色上質。タイトル、著者名、出版社名の順で小さくなるカバーの書体は、特に趣向を凝らしているわけではない。デザインは正直ぱっとしなかった。造本にはお金をかけていない。うがった見方をすれば、どこか自費出版のような素朴な装丁だった。

巻末の奥付をめくると「二〇〇三年七月二〇日　第一刷発行」とあった。おそらく初版で終わったのだろう。この棚に置かれ続けていること自体、ある意味では奇跡のような気がした。売れない本は委託期間を問わず、多くが返品されるご時世だ。あるいはなんらかの事情で返品できなくなり、しかたなく棚に残されているのかもしれない。たとえば誤発注や客注のキャンセル？

本をレジに運ぶと初老の店主が応対してくれた。表情を変えずに「カバーをかけますか？」と訊いた。

「いえ、けっこうです」

いつもなら頼むのに、そうこたえた。

本はすぐに読みだすつもりだったし、そのままの姿で楽しみたかった。

もどったバス停にはだれもいなかった。ベンチの後ろに、さっきは気づかなかったけれど、わたしの背丈ほどもある植物が艶のある緑の葉を旺盛に広げていた。花は盛りを過ぎたのか赤が濁り、しぼみかけている。名前は出てこないが夏によく見かける花だ。

ベンチに腰かけ、あらためて本と向き合った。表紙を開くと少し厚みのあるエンボス地の大扉、続いてシロの中扉をめくった。目次には五つの作品らしき題名が並んでいたため、短編小説集と見当がついた。

しかしそのなかに、本の表題である「過ぎた日は、いつも同じ昨日」という言葉は見当たらなかった。

目的地へ向かうバスが来るまで、三十分近くあった。気持ちよく晴れた午後、屋外で本を読むには日差しは強すぎるが、自分のかざした左手で小さな陰をつくって文字を追った。最初の作品の数ページを読んだ頃には、うらぶれた書店の棚から、なぜ自分がこの本を抜き出したのか、わかったような気になっていた。

——本に呼ばれた。

そういうことって、あるような気がする。

海で泳いだあとの午睡《ごすい》のように、吸い込まれるように本の世界に落ちた。活字が像を結び、物語の風景がわたしを包み込む。いつの間にか自分ではないだれかの人生を生きている。ひさしぶりに味わう、ひとりだけの読書の時間——。

開いていたページがとつぜん陰になり、空気を抜く大きなため息のような音がした。顔を上げると不意に扉が開き、階段の向こうにツバのある帽子を被った男の姿が見えた。白い手袋が、やけにまぶしかった。

「ご乗車になりますか？」

声をかけられ、自分がバスを待っていたことを思い出した。

「——いえ、次で行きますので」

とっさにこたえると、運転手はなにも言わず扉を閉めた。

本は、最初の作品の終盤にさしかかっていた。視線をクリーム色の書籍本文用紙にもどし、さっきまで見ていた夢の続きを探すように、五行目あたりから読み直していく。

低いエンジン音を残して、バスは走り去った。


去年、わたしは編集者として六冊の本を手がけた。

出版不況が叫ばれるなかで、わたしの編集した本の売れ行きは好調だった。なかでもダイエットをテーマにした本は版を重ね、発行部数が七万部を超え、元々は単発の企画だったのだが続編を出した。こちらも当たった。

中堅の出版社に入社し三年目にして、自分がこの業界を目指したことはまちがいでなかったと確信した。後ろを振り返らず、前を向いて突き進んできた甲斐《かい》があった。

――その頃だった。

心臓を患い療養していた祖母、美代子《みよこ》さんの退院が決まったのは。

喜びもつかの間、退院後の行き先は、わたしが美代子さんと一緒に暮らした実家ではなく、高齢者のための施設になると知った。祖父はすでに他界していた。実家には定年退職したわたしの両親が住んでいたが、美代子さんの息子である父は数年前に脳卒中で倒れ、片半身が麻痺し、介護の必要があった。美代子さんは自分まで迷惑をかけてはと、自らそういう選択をしたのだと母から聞いた。

両親は二人とも忙しい勤め人だったため、わたしは小さい頃から美代子さんの世話になった。育てられた、と言っても過言ではない。朝起きると美代子さんのつくった朝ご飯を食べて学校へ出かけ、家に帰れば美代子さんの用意してくれたおやつ――多くの場合、手づくりだった――をもらい、夕方には美代子さんの料理した晩ご飯をいただいた。中学生になったら、お弁当も美代子さんが朝早くからつくって持たせてくれた。

弟は、美代子さんのつくる料理は魚と野菜が多いと不満を漏らしたが、わたしは季節の食材を好んで使う彼女の手料理が気に入っていた。休日などに母が気まぐれでつくる、初めて口にするご馳走に比べてまちがいがなかったし、なにより味付けが安心できた。

もちろん不満がなかったわけではない。たとえば他人に見られるお弁当については、怒りさえ覚えた。年頃の娘の弁当に、前の晩に揚げた天ぷらの醬油煮は勘弁してほしかったし、弁当箱を新聞紙で包むのはいくら保温効果があるとはいえ、恥ずかしかった。でもなかなか言い出せなかった。当時の美代子さんは、歳のわりには若々しく、かなり厳格な人でもあったからだ。

口の利き方については、特に注意された。なれなれしく友人のように話すことは、絶対に許さなかった。「おばあちゃん」とは呼ばせず、「美代子さん」と呼ぶようにしつけられた。

小学生の頃、友達を家に連れてきたとき、「どうして佳恵《かえ》は、そんな話し方をするの」と不思議そうな顔をされた。わたしが美代子さんの前では、丁寧な話し方をしたからだ。

美代子さんをおばあちゃんと呼ぶようになったのは、たぶん高校生になってからだ。生意気盛りの弟が、ある日、美代子さんに向かって、「うるせえ、ババア」と罵《のの》った。美代子さんは、不良への階段に片足をかけた弟に毅然《きぜん》とした態度で向き合うと、「ちゃんと、おばあちゃんと言いなさい」と叱りつけた。怯《ひる》んだ弟は「うるさいんだよ、おばあちゃんは」とすぐに言い直した。

両親は職場での仕事に専念していたから、食事だけでなく、日々の家事のほとんどすべてを美代子さんが担っていた。そのことに感謝しつつも、あたりまえのように家族は受けとめてきたような気がする。

美代子さんに甘えた記憶はほとんどない。でも今思えば、わたしをひとりの女として尊重してくれていたような気がする。美代子さんにとって女がすべきことの多くを、彼女を通してわたしは学んだ。

美代子さんが高齢者のための施設に入所したとき、わたしは通勤時間を短縮するために、すでに都内でひとり暮らしを始めていた。美代子さんとは一年以上会っていなかった。実家に車椅子の父を見舞うことはあっても、電車とバスを乗り継ぎ、一日がかりで行かなければならない遠い施設には、なかなか足が向かなかった。美代子さんのところへは母が定期的に訪問しており、無理をしてまで行くことはないと言われてもいた。

行けなかったのは、仕事のせいだ。週末は基本的には休みだが、土曜日はたいてい出勤した。有給休暇を消化することもなく、休みの日には担当ジャンルの本を読みあさり、新たな企画を練った。仕事に熱中したのは、自分の本が売れ出したせいもあるが、編集者としてもっと経験と実績を積んで、先々不安のない自立の礎《いしずえ》を築きたいと思っていたからだ。気がつけば残業時間が毎月社内でトップを争うほど長くなり、総務部に呼び出しをくらったこともある。

高校時代に一度恋愛を経験して以来、男性には縁がない。積極的な気持ちを持てなくなった。まだ若いくせに結婚しない気がするのは、たぶん高校時代に付き合っていた沢田《さわだ》隆志《たかし》のせいだ。

高校二年の夏から付き合い始めた隆志は、わたしにとって最初の恋人だった。学校の帰り道で後ろから呼び止められ、思いがけず告白された。それまで隆志のことを意識したことはなく、その気はなかった。それでも隆志はあきらめず、度重なるアプローチにわたしが根負けするかたちで二人の交際は始まった。髪型や服装に不良っぽいところがあったけれど、本当はウブでやさしい心根の持ち主だった。そんな隆志がすぐに好きになった。

わたしは大学進学、隆志は早いうちから高校を卒業したら働くと決めていた。隆志は三年の秋に就職の内定が出ると、中型二輪免許を取るため、せっせと教習所に通いだした。冬にはわたしが受験勉強に専念するようになって、二人で過ごせる時間が少なくなった。

卒業間近になったある日、隆志は交通事故であっけなくこの世を去った。担任の教師は「よくある交差点事故」と説明したが、けっしてそうは思えなかった。オートバイに乗った隆志が交差点を直進しようとしたとき、軽自動車が右折してきたらしい。隆志は十メートル近く宙を飛んで、アスファルトに叩きつけられた。

自宅で知らせを聞いたわたしは泣き叫んだ。

——恋人が死ぬ。

そんなことが、自分の人生に起こっていいはずがなかった。

今にも走り出しそうなわたしのからだを、美代子さんはなにも言わずきつく抱きしめてくれた。この小さな老人のどこにそんな力があるのかと驚くほどの力だった。過呼吸になったわたしは目が眩《くら》んだ。この悲しみは一生消えることはない。そう思った。

卒業を目前に、オートバイの免許を取ったばかりの若者の無念の死として、事故は新聞でも小さく報じられた。

隆志の葬儀が終わり、事故の全貌が次第に明らかになるにつれ、わたしの悲しみは、ある疑問にとらえられた。遺されたわたしは、本当に隆志に愛されていたのだろうか、と——。

自分にとって疑う余地などなかったそのことに、確信が持てなくなった。

なぜならバイク事故の犠牲者は、隆志だけではなかった。右折しようとした軽自動車を運転していた主婦は、かすり傷ひとつ負わなかったけれど、わたしと同じ歳の女子高生が病院に運ばれ、重体と報じられた。当初は事故に巻き込まれた不運な被害者と見られていたが、目撃者の証言で彼女はその場に居合わせた通行人ではなく、隆志のバイクの同乗者だったことが明らかになった。同じ市内の女子校の生徒だった。

——なぜ？

悲しみに浸りながら、想いが揺れた。

こんなに悲しんだのに、裏切られていたのかと心が折れそうになった。

それでも隆志が死んだことはまちがいない。

同乗者だった女子高生は、約一週間後に亡くなった。

よくある交差点事故は、突然わたしの恋人を奪い、わたしにとって永遠の謎を残した。

、、、、、、
卒業式を迎えるまでの数日間、多くの友人から励まされた。それは恋人を失った不運に対する同情というよりも、裏切られた結末に対する憐憫《れんびん》のようにも映った。隆志に対しては、バイクのリアシートに乗せていた女子高生の素行の悪さが噂になり、罰が当たったと陰口をたたく者さえ現れた。

「佳恵がバイクに乗っていなくてよかった」

両親からは、そう言われた。


ようやく時間を見つけた週末、わたしは凱旋《がいせん》のつもりで、自分の編集した本をバッグに詰め込み、海の近くにある美代子さんの施設に出かけた。

自活ができる美代子さんの部屋は個室で、窓からは群青色の海が見渡せた。部屋には客を迎えられるちょっとしたスペースがあり、簡単な炊事ならできそうなミニキッチンが付いていた。ひとりぼっちの生活をどこかで不憫《ふびん》に思っていたが、これなら料理好きの美代子さんでも楽しく過ごせるにちがいない、と安堵《あんど》した。施設にはお年寄りの仲間もたくさんいるし、この選択はまちがいではなかったのだと自分を納得させた。

美代子さんは、わたしの訪問を歓迎してくれた。以前よりからだが縮んだように見えたが、動きやすそうな黒いスリムのパンツをはき、肩には品のよいグレーのショールをかけていた。銀髪をきれいにセットした温和な顔には化粧をしていた。口紅の色が濃すぎる気もしたが、それは口にしなかった。

「会いたかったよ、おばあちゃん」

しわだらけの両手を取ったら、思わず胸が熱くなった。

「元気そうだね、佳恵」

抑揚に乏しい声が言った。垂れた小さな瞳が潤んでいた。

「おばあちゃんも、元気そうじゃない」

その言葉に、美代子さんはしわを集めるように唇をすぼめて微笑んだ。

初めて施設を訪れたわたしに、ここがいかに居心地がよいか、美代子さんは熱心に説明してくれた。受付の女性が美人なくせに親切なこと、ほかよりも自分の部屋の眺望がすぐれていること、毎週一度希望者を郊外にある大型スーパーまでバスで送迎してくれること……。数少ない訪問者に同じ話をしているのだろう。得意そうな口ぶりから察しがついた。

美代子さんは施設の生活のなかで、スーパーに行くのを特に楽しみにしているようだ。スーパーの生鮮食料品売り場がどれだけ充実しているか、そして安いかを、自慢げに話した。

「だっていいですか、お刺身でも食べられる新鮮なサンマが、一尾百円を切りますからね。時代ですよね。昔はサンマのお刺身なんて、家庭ではいただけませんでしたから」

目を丸くして言う。

考えてみれば、美代子さんは料理をつくっていただけではなく、毎日五人分もの食材を買いに出ていたのだ、と気づかされた。美代子さんの使うワインレッドのくたびれた買い物カートが、玄関の脇にいつも立てかけられていたのを覚えている。

「じゃあ、よかったね。好きな料理がいつでもできるから」

そう言うと、にこにこしていた。

「食事は、自炊してるの？」

「ご飯は一階の食堂でみんなと食べるのよ。だからなにもつくる必要なんてないの」

「——そうなんだ」

「すごく便利よ。食器だって洗わなくていいの。ヘルパーさんが全部下げてくれるから、運ぶ必要だってないんだから」

美代子さんはうれしそうに話した。

そうだった。美代子さんは食事が終わると、台所でいつもひとり黙々と食器を洗っていた。キッチンは身長の高い母用に選ばれたものだったから、木製の踏み台に乗って作業をしていた。手伝えと命令されたことは、一度もない。その曲がった背中を思い出した。今はもっと曲がっているし、痩せている。

心臓を悪くして以来、美代子さんは医者から食事制限を言い渡されていた。塩分は当然控えなければならなかったし、詳しい理由は知らないが、野菜は必ず茹《ゆ》でてから食べるよう指示されていると聞いた。だから施設でもそういう食事が用意されているはずだ。食べたいものが食べられない。それは季節を食事のなかで感じる生活を送ってきた美代子さんにとって、辛い仕打ちにちがいなかった。

施設の自慢話のあと、わたしは自分の仕事の話を始めた。美代子さんは、わたしが大学を卒業して出版社に就職したことまでは知っていたが、その後についてあまり知らないはずだった。

「ほら見て」

狭いテーブルに自分が担当編集した本を並べた。

老眼鏡をかけた美代子さんは、一番売れている本を手に取った。

「どうしてこの人は、おへそを見せてるんだい？」

美代子さんは指さした。

「この人、痩せてるでしょ。でもほんとは、すごく太ってたの」

ダイエット前の写真が載っているページを開くと、「あら、驚いた」と声を上げた。

「この本ね、企画から編集まで全部自分でやったの」

「へえー」と大いに感心したような声を漏らした。

「すごく評判がいいんだよ」

美代子さんは真剣な眼差《まなざ》しで本を眺めた。

「佳恵が書いたのかい？」

「ちがうよ、おばあちゃん。書いたのはわたしじゃなくて、編集したんだよ」とこたえたが、

「へー、そうかい」とまた声を漏らしてみせた。

編集という言葉について説明しようかと思ったが、長くなりそうだし、美代子さんもそんな話を聞きたいわけではないはずだ。

「ページをめくってみてよ」

そう言ってみたけれど、美代子さんはテーブルから離れ、お茶の準備を始めた。わたしも手伝おうと一緒にミニキッチンに立ったが、そこには小ぶりの真新しい薬缶《やかん》しかなかった。食器類はほとんど見当たらない。美代子さんは電気湯沸かし器を使って、ティーバッグの緑茶をいれてくれた。

「便利なのよね、これ」

なにを指して言ったのかわからなかった。

それから、美代子さんは昔の話を始めた。わたしがまだ小学生の頃の話だ。日曜日の朝に、たまたま早起きしたわたしは、美代子さんがつくった梅酒の瓶に沈んでいる梅の実をこっそり食べていた。しわしわになった梅は見てくれは悪かったけれど、カリカリ齧《かじ》ると不思議な味がした。その現場を美代子さんに見つかり、「そんなもの子供が食べたら、死んじゃうわよ」と脅されて泣き出した。

後日、美代子さんはその梅を煮たデザートをわざわざつくってくれたけれど、わたしは死ぬのは嫌だと食べようとしなかったそうだ。その部分は記憶になかった。

美代子さんは、楽しそうにわたしに関する思い出話をしゃべり続けた。

ただ、わたしには昔話の連続が少々苦痛になってきた。ひさしぶりに会ったのだから、ここは聞き役に専念しようと我慢したが、本当は今の自分の話をしたかった。社会に出て成長した自分のことを知ってほしかった。

施設の夕食の時間が迫ってくると、美代子さんはそわそわし始めた。

帰り際、なにか欲しい物はないか美代子さんに尋ねた。次に来るときに必ず用意するからと。でも美代子さんは「欲しい物はないのよ」と言う。

「なんでもいいんだよ、これでもボーナスとか、けっこうもらってるんだから」

「そうだねえ、といってもね……」

美代子さんはすまなそうな目をした。

「じゃあ、旅行とかは？　温泉に行く？」

「動くのは億劫《おっくう》でね。それに温泉は心臓に悪いから」

「そうなんだ……」

わたしは世話になった美代子さんに、なにかしてあげたかった。今なら、いろんなことをしてあげられる気がした。

「じゃあ、本なら読めるでしょ」

外出のあまりできない美代子さんにとって、本は最適だと閃いた。そういえば美代子さんは、実家の近くの図書館で本をよく借りて読んでいた。

「会社のそばに大きな書店があるから、そこで買ってきてあげるよ。どんな本がいいかな？」

「佳恵に任せるよ」

美代子さんは困ったように微笑んだ。

少し迷ったけれど、自分が編集した本は施設の美代子さんの部屋に置いていくことにした。たぶん美代子さんはその本を開くことはないだろう。でもそれはしかたないことでもあった。わたしが持ってきたのは、今の美代子さんには関係の希薄な内容の本ばかりだった。美代子さんは「ダイエット」をする必要はなさそうだし、「犬のしつけ方」を学んでも活かすことはできないし、「FX投資」を始めるつもりもないだろう。

ただ、もう少し本の説明をしたかった。本をつくる上での苦労話を聞いてほしかった。でも、そういう話をする相手は、きっと美代子さんではないのだろう。

帰り道、とりあえず祖母に会ったという事実に満足することにした。なにか義務を果たしたような気分でもあった。それと同時に、美代子さんにとって、孫娘の職業的な成功など興味がないのかなとさびしくも感じた。

わたしが美代子さんに会いに行かなかったのは、仕事のせいだけじゃなく、どこかで彼女を避けていたのかもしれない。彼女はわたしに昔を思い出させる。たとえば、沢田隆志のことを。そのことを警戒していたような気がする。

施設から帰って落ち着くと、母に電話をした。

ひさしぶりに美代子さんに会った話をしたら、「疲れたでしょう」と言われた。その言い方が気になって、「どうして？」と訊き返したところ、「だって同じ話ばかりするんだもん」と母はこたえた。「最近、惚《ぼ》けてきてる気もするのよね」と。

嫁と姑という関係上、また生き方のちがいにより、二人の仲は良好とは言い難かった。でもお互い年をとった今は、昔ほど関係がぎすぎすしているわけではないはずだ。

「それは年寄りなんだから、しかたないし、母さんだってそういうとこ、けっこうあるよ」

一笑に付そうとした。

「まあ、そうなんだけどね」と低い声が返ってきた。

それから母は、わたしから見た美代子さんの様子をしきりに聞きたがった。

「どうかしたの？」と訊いても、曖昧な言葉で流そうとする。

スーパーに行くのをとても楽しみにしていた話をしたら、母は困惑気味にようやく打ち明けた。おばあちゃんは、今はスーパーには行っていない。連れていってもらえなくなったのだ、と。

「――どうして？」

「それがね」

母は声を落とした。「おばあちゃん、スーパーの商品を勝手に持ち出したらしいのよ」

「え、それって万引きってこと？」

「まあ、そういうことになるのよね」

「まさか、なにかのまちがいじゃない」

そうとしか思えなかった。厳格で不正を嫌う美代子さんが、そんな真似《まね》をするとは思えなかった。

「もちろん、わたしもそう思ったわ。現場を見たわけでもないからね」

「ひどいじゃない」

「でもね、施設の人が言うには、一度や二度じゃないらしいのよ」

その言葉に、しばらくなにも言えなくなった。ショックだった。

「やっぱり、惚けちゃったんだろうね」

母がひとりごとのように言った。

わたしが会ったときは、反応が鈍いところはあったけれど、そうとまでは思えなかった。

遠い過去を鮮明に記憶していたし、それを上手に話してみせた。

「まあ、あまり気にしないでね」

「ねえ、いったいなにを盗《と》ったって言うの？」

わたしが訊くと、母は言い淀《よど》んだ。

「どういう物？」

「——食べ物よ」と母はこたえた。「野菜とか果物とか、ときには魚も」

「どうして？」

「わからない」

母の弱い声に、わたしは沈黙した。

そんなもの盗ったって、美代子さんは料理する道具もないし、たぶん食べられもしない。

いったい、なんのために——。


美代子さんの施設を訪れてからしばらくして、わたしは思いがけない落とし穴にはまった。

でもその落とし穴は、もしかしたら知らず知らずのうちに、自分自身でせっせと掘っていたのかもしれない。発売以来好調だったダイエット本の売れ行きに、わずかながら陰りが見えてきた頃だった。

柳の下の泥鰌《どじょう》をさらに狙うべく、会社は続編に続く第三弾の出版の検討に動いた。担当編集者であるわたしは、編集長の求めに応じて企画書を提出したものの、同一著者による同一テーマの三冊目に疑問を感じた。さすがに内容にネタ切れの懸念があった。しかし徐々に知名度を上げ、テレビにも顔を出すようになった若い著者は乗り気で、営業の求める発売日に間に合わせることを条件に、編集部長からGOサインが出た。

発売までのタイムスケジュールは一冊目に要したおよそ半分。スピードこそが重視された。あまりにもタイトで悲鳴を上げたくなったが、投げられたボールに反応する狩猟犬のように、気がつけばわたしは走り出していた。

案の定、著者から受け取った原稿には、既刊との内容の重複や置き換えが目立った。リライトを要請しようにも時間がない。デザイナー、カメラマン、イラストレーターにもかなり無理な注文を出した。最終的には印刷所の担当営業マンである吉澤《よしざわ》さんと相談し、スケジュールを何度も練り直した。

時間に追われるわたしに唯一親身になって相談に乗ってくれたのが、三つ年上の吉澤さんだった。無知から来る無理を言っても嫌な顔ひとつせず、懇切丁寧に説明してくれた。早朝や深夜にもかかわらず、入稿データやゲラをバイク便よりも迅速に運んでくれた。

吉澤さんとは、わたしの編集した本が初めて重版になったとき、お祝いに食事に誘ってもらい、親しくなった。重版とは、つまりはもう一度印刷することであり、印刷会社の営業マンにとっても喜ばしいことなのだと知った。それを機会に、気軽に質問や相談ができるようになった。仕事のなかで信頼関係が深まっていくのを感じた。

一日の遅れも許されないスケジュール表をにらみつつ編集作業を進めたが、詰めの段階になって著者から泣きが入った。校正にもっと時間が必要だと言い出したのだ。ゲラに赤字を入れ、ＰＤＦにしてメールに添付して送る。赤字の入ったゲラを著者の家まで直接取りに行くなどして、なんとか時間を稼いだ。

修正箇所は極力抑えてくれるよう祈ったが、朝方までの編集作業が連日続くなか、一カ所大きな書き換えが発生し、著者からテキストデータをメールで受け取った。そしてなんとか予定通り校了を迎え、その日、泥のように眠った。

致命的なミスが発覚したのは、取次《とりつぎ》への見本出しの翌日だった。吉澤さんからケータイに連絡をもらい、わたしの頭のなかは真っ白になった。指摘されたページをめくると、後送したはずの著者からのテキストデータが反映されておらず、その部分が三行にわたって空白になっていた。

「なんで！」

思わず声を上げた。

わたしは唇の端を強く結んだまま、笑顔で雑談している編集長の席に向かった。

突然わたしが世間話に割って入ると、編集長は説明を最後まで聞かずに、ケータイを手にして立ち上がった。歩きながら、「今どういう状況？」と早口で言ったあと、「なにやってんだよ、すぐ止めろよ」と威嚇《いかく》するように怒鳴った。続けて舌打ちして「こりゃまずいことになるぞ」とつぶやき、いつもはへらへらしている横顔をこわばらせた。電話の相手は、おそらく吉澤さんだ。

数分後、会社の幹部が集まり会議が始まった。発売が迫った新刊書籍の三行の空白についてどう対処すべきか、議題はまさにそのことだった。わたしは編集長に状況説明をしただけで、会議には参加させてもらえなかった。途中で受注印刷所の担当者として、吉澤さんが上司とやって来た。

会社には不穏な空気が漂った。新しい仕事など手に付かず、著者や印刷所との電子メールの送受信の記録を確認する作業を急いだ。

会議の途中で退席してきた編集部長がわたしの名前を呼び、一緒に喫煙室に入った。部長とわたしを見て、煙草を吸っていた社員たちがそそくさと退散した。

「申し訳ありませんでした」

頭を下げて謝ると、部長のため息が聞こえた。

「本はまだ書店に配送されていないから、回収の必要はない。最悪の事態は免れた。ただ問題のページのある折りだけを刷り直す方法をとりたかったんだが、残念ながら印刷はもちろん、製本まで終わってしまった。未だ三行の空白を埋めるよい手立てが見つからない。もともとなかったことにしてはどうか、という乱暴な意見も営業から出たが、それでは不自然すぎる。著者を説得することも困難だろう。ついさっき、社長の判断でデータを修正し、すべてつくり直すという結論に至った。今、用紙の手配を代理店に頼んだところだ。あたりまえのことだが費用がかかる。大きな損失を生む。責任の所在を精査する必要がある」

部長は火のついていない煙草を指先に挟んだままだった。

「申し訳ありません。──わたしのミスです」

「そういう軽率な言葉は絶対に吐かないでもらいたい」

「でも……」

「デモもストライキもない。交通事故だって、どちらか一方が悪いということは、とても希《まれ》なんだ。そういうことになってる。こういうケースは過去になかったわけではない。人のすることだからな。いいか、印刷所との折衝は今後こちらでやるから、君は今回の件で外部の人間とは接触するな。余計な言動は慎むように。それだけは守ってくれよ」

部長は手にしていた煙草をふたつに折って灰皿に捨て、喫煙室から出て行った。

逆鱗《げきりん》に触れると机を叩いて怒り出す部長の言葉はやけに丁寧で、かえってことの重大さが身に染みた。社員を庇《かば》ってくれているようでもあり、非を認めるなと脅されているようでもあり、複雑な気持ちになった。

会議のあと、編集長から指示があり、発売が遅れる旨を関係者に連絡し謝罪した。著者に理由を問いただされ、しどろもどろになると、編集長が電話を替わった。編集長は印刷所における事故であることを強調した。

その後、本は刷り直しとなり、なんとか書店に並んだ。しかし発売のタイミングがずれ込んだせいで、予定されていたイベントの多くは中止となった。書店に配られた本の数は、当初の見込みを下回り、売上は伸びなかった。三匹目の泥鰌は逃げてしまった。

今回の件で、どれほどの損害を会社が被《こうむ》ったのか、わたしには知らされなかった。本の刷り直しにかかった費用の多くを印刷所が負担したと聞いた。読者、著者、書店、取次、営業、本に関わった多くの人に迷惑をかけたことはまちがいない。

後日、印刷所の新しい担当者が挨拶にやって来た。額の禿《は》げあがった背の低い中年の男だった。吉澤さんは、うちの担当を外された。

急いでいたとか、疲れていたとか、そんなことは理由にならない。三行の空白になぜ気づかなかったのか、それは今もわからない。わたしには見えるべきものが、見えなくなっていたのかもしれない。仕事に慣れてきた矢先のことだった。

　これだけは、はっきりしていた。最後に著者から受け取った訂正用のテキストデータを、わたしは吉澤さんに送っていなかった。

　自分のミスを明らかにしなかったことについて、心が痛んだ。これで本当によかったのかと悔やんだ。吉澤さんから、その後連絡はない。当然だろう。おそらく世話になっておきながら、ひどい編集者だと思っているにちがいない。

　わたしはゲラを校正するのが怖くなり、版面の空白に怯えるようになった。繰り返し確認しても、どこかに見落としがある気がして、校了のサインを書けなくなった。担当していた進行中の企画は、自分の手を離れていった。

　わたしは企画会議の時間にうなだれる編集者となり、新しい企画を出すことができなくなった。気分転換にベストセラーになっている話題の癒し系の「泣ける」本を読んでも、まったく心に響かない。編集者でありながら、企画の参考になりそうな本を読むこと自体、とても苦痛に感じるようになった。

「終わったことは、くよくよしてもしかたがない。おまえは売れる本を一度はつくったんだ。後ろを振り向かず、前を向いてがんばれ」

　編集部長からは温かい言葉をかけてもらった。

——そういえば、あのときもそうだった。

「もし君が本当のことを知りたければ教えてあげるよ」

亡くなった沢田隆志と親しかった渡辺《わたなべ》君に言われたのは、卒業式の前日だった。

「本当のこと？」

訊き返すと、彼はうなずいた。

それはあの日、隆志がなぜバイクにわたしではない女を乗せて、事故に遭ったのか、そういう意味らしかった。渡辺君はわたしと同じように隆志の死を深く悲しんでいた。

わたしは迷い、しばらく考えた。渡辺君はその沈黙の時間に辛抱強く付き合ってくれた。

でもいくら考えても、答えは出そうもなかった。過ぎてしまったことについて聞いたところで、もう時間をもどすことはできない。多くの場合、起きてしまったことはその瞬間から色褪《いろあ》せ、異なる色をのせられるものでもある。それにわたしにとって大切なのは、そんなことではない気がした。渡辺君の言う本当のことを知って過去に縛られることに、いったいどんな意味があるだろう——。

「聞かないでおくよ」

わたしの選択に対して、渡辺君は静かにうなずいた。

その日からわたしは、後ろを振り返ることはせず、前を向いてがんばり続けることにした。忘れるために、多くの時間を費やしてきたような気がする。

でも過去を消すことなんて、できなかった。


――今年の春、わたしは実用書の担当から外れた。

入社が三年先輩の塩前修《しおまえおさむ》という編集者とデスクを並べ、今まで通り企画を提案し、書籍を編集するよう編集部長に言われた。編集者として独り立ちしたかたちだが、わたしはあいかわらず企画を立てられず、だれかが担当する本のサポート役にまわることが多かった。

累計十二万部を超えたダイエット本三冊の著者は、大手出版社から新しい本を出版した。内容がうちの本とかなりかぶっていると、営業部の人間は問題視したが、遥か遠くの土地で起きている話のような気がした。自分は編集者には向いていないのではないか、と真剣に考え始めた。

隣のデスクでは、社内で変わり者と敬遠されている塩前修が淡々と本を編んでいた。フレックスがあたりまえな編集部ではあるものの、塩前はたいてい昼頃に出社する。退社は深夜。ほとんど会社の人間とは関わらずに仕事を進める独自のスタイルをとっていた。ときおり編集部長と打ち合わせをしている姿は見かけるものの、あとはひとりデスクで背中をまるめているか、いつの間にかどこかへ消えている。そんな謎の編集者、塩前に興味を覚えた。

ある日、塩前に仕事について尋ねると、「『オサムシ』ってわかる？」と言われた。話しかけられたのがうれしかったのか、塩前は両手を顔の前でこすり合わせ、たぶん昆虫が笑うとこんな感じかな、という表情をした。

わたしは尋ねたことを半ば後悔しつつ、首をかしげてみせた。

「それが長年付き合ってきた、ぼくのあだ名」

別にあだ名を聞きたいわけではなかったが、「はあ、名前がオサムだからですね？」と言ってやった。

塩前は、「そう。子供の頃、いじめっ子に『おまえのフルネームを続けて五回早口で言ってみろ』って命令されたんだ。うまくつっかえずに言えたけどね」

そんなやつの命令に従うなよ、と思ったが黙っていた。

「――ねえ、試しに言ってみてよ」

塩前は口元をだらしなくして言った。

2017.04
おかえり。
じぶん。
最新刊
幻冬舎文庫の
春まつり
GENERATIONS from EXILE

新シリーズ！ こころの文庫

ようこそ、バー・ピノッキオへ
はらだみずき
幸せな人生のレシピ、ここにあります。
600円

子どもの才能を引き出すコーチング
菅原裕子
あなたは子どもにどんな言葉をかけていますか？ 37の親の心得。
500円

この世に命を授かりもうして
酒井雄哉
生きていることを楽しみなさい！
500円

一〇三歳になってわかったこと
人生は一人でも面白い
篠田桃紅
自分の心が一番尊いと信じて、自分一人の生き方をする。
500円

おかげさまで生きる
矢作直樹
救急医療の第一線で見つけた「人はなぜ生きるのか」の答え。
500円

渡辺和子

置かれた場所で咲きなさい
置かれたところこそが、今のあなたの居場所なのです。自らが咲く努力を忘れてはなりません。心迷うすべての人へ向けた、国民的ベストセラー。

500円

面倒だから、しよう
小さなことこそ、心をこめて、ていねいに。"置かれた場所で咲く"ために、実践できる心のあり方、考え方。ベストセラー第2弾。

500円

料理狂
木村俊介
グルメ大国日本の礎を築いた料理人の肉声から浮き彫りになる仕事論。
580円

医者が患者に教えない病気の真実
江田 証
スーパードクターが教える最新「健康長寿のヒント」72項目。
600円

美しい「所作」が教えてくれる幸せの基本
枡野俊明
24時間を丁寧に。春夏秋冬をきちんと。
580円

坐禅のすすめ
心がみるみる晴れる
平井正修
不安、イライラ、迷いがすーっと消える。
540円

明日この世を去るとしても、今日の花に水をあげなさい
樋野興夫
人はどう生き、何をすべきか。がん哲学外来、言葉の処方箋。
500円

幻冬舎文庫　最新刊

表示の価格はすべて本体価格です。

ナオミとカナコ
奥田英朗

いっそ、二人で殺そうか。あんたの旦那。

望まない職場で憂鬱な日々を送る直美。夫のDVに耐える専業主婦の加奈子。三十歳を目前にして、受け入れがたい現実に追いつめられた二人が下した究極の選択とは？　TVドラマ化もされた、犯罪小説の白眉！

770円

有頂天家族　二代目の帰朝
森見登美彦

阿呆の道よりほかに、我を生かす道なし。

狸界の名門・下鴨家の矢三郎は、天狗や人間にちょっかいばかり。そんなある日、空から紳士が舞い降りる。正体が知れるや、狸界に激震が。矢三郎の「阿呆の血」が騒ぐ！　人気シリーズ『有頂天家族』第二部。

770円

花のベッドでひるねして
よしもとばなな

捨て子の幹は、血の繋がらない家族に愛され幸せに過ごしていたが、ある日を境に不穏な出来事が次々と出来し……。神聖な村で起きた小さな奇跡を描く傑作長編。

460円

ふたつのしるし
宮下奈都

田舎町で息をひそめるように生きる優等生の遥名。周囲に貶されてばかりの落ちこぼれの温之。二人の〝ハル〟が、あの3月11日、東京で出会った。出会うべき人と出会う奇跡を描いた心ふるえる愛の物語。

500円

ちょっとそこまで旅してみよう
益田ミリ

金沢、京都、スカイツリーは母と。八丈島、萩はひとりで。フィンランドは女友だち3人旅。昨日まで知らなかった世界へ――明日出かけたくなる旅エッセイ。

460円

誓約
薬丸　岳

家族と穏やかな日々を過ごしていた男に、一通の手紙が届く。「あの男たちは刑務所から出ています」。便箋には、ただそれだけが書かれていた。送り主は誰なのか、その目的とは。衝撃のラストに驚愕の長編ミステリー。

650円

幻冬舎　〒151-0051 東京都渋谷区千駄ヶ谷4-9-7 Tel.03-5411-6222 Fax.03-5411-6233
幻冬舎ホームページアドレス　http://www.gentosha.co.jp/

「え、わたしがですか？」

「そう」

なんでこいつの名前を五回も唱えなければならないのか、と思ったが、断るのもめんどうくさく、とりあえず言ってみた。「シオマエオサムシオマエオサムシオマエオサムシオマエオサムシオマエオサム」

「なんとなく聞こえるでしょ？『オマエ、オサムシ』って？」

「はぁ？」

「まあ、そんなところ――。ぼくはぐうたらだから、自分でいちから本の企画を立てたり、編集したりしない。そういうのは、性に合わないんだ」

「それって、仕事を放棄するって意味ですか？」

「そうじゃない。鼻を利かせるの。おいしそうなものを、言ってみれば頂戴してくる。だから、オサムシ――」

「オサムシ？」

なんだかわけがわからない。

へへへ、とオサムシは笑った。

わたしは辞書で【オサムシ】を引いてみた。

比較的大型の甲虫とある。情けないことに、肉食のくせに飛べないらしい。説明の最後のほうに、ゴミムシと書かれていた。

無精髭《ぶしょうひげ》が急に下品に見えた。

「よくわからないんですけど」

「要するにさ、雑誌に連載されていた原稿で本になっていないものや、本になったけど絶版になってしまった売れ筋を、めざとく見つけていただいちゃうわけだ」

「でも、うちは新書や文庫はやってないですよね」

「そうだよ。それでもやりようによっては、売れるんだよ。たとえばタイトルを変えたり、デザインを一新して気の利いたコピーの帯を巻いたりする。場合によっては、構成を変えたり、一部を書き直したり、削除する場合もある」

「なんだかそれって、せこくありません？」

オサムシは、プッとふきだした。

「そりゃあ、あなたのように入社してすぐにヒットを飛ばした編集者から見れば、せこく映るだろうね。だから別に真似することはないさ」

「真似しようなんて思ってません」

わたしが声を強くすると、オサムシは背中をまるめ、死んだふりをした。

「でもそれって、再利用だから、エコなのかな？」

　塩前は「なんじゃそりゃ？」という顔をして生き返った。

「具体的に教えてくれませんか、オサムシさんの手がけた本？」

　わたしは言ってから、「あ」とかたまった。

「いいよいいよ、オサムシで。ぼく、そのあだ名けっこう気に入ってるから」

　そう言うと、わたしのデスクにどさっと本を積み上げた。

　わたしが手がけていた実用書から、趣味の本、ビジネス書、スポーツ物、エッセイ、ノンフィクション、様々なジャンルの本があった。著者のなかには、かなり名の通った人もいる。

「これみんな、……オサムシさんが？」

「そう、今年になって出した本」

「年間、何冊くらい編集するんですか？」

「そうだね、二十冊くらいかな」

　ということは、月に一冊以上のペースで本を編集していることになる。わたしの約三倍強。本といってもいろいろなタイプがあるため一概には言えないが、かなりハイペースな気がした。

「そんなにですか？」

「だから言ったでしょ、いちから編集するわけじゃないの。企画もぼくが考えるんじゃないし、もうほとんど、できてるんだから」

「なるほど……」

しかし、本はたくさんつくればよいというものではない。本当にそんなやり方で本が売れるのだろうか。疑問に思い、営業部の同期社員に訊いてみたところ、オサムシの出した本は爆発的に売れる物はないが、何冊かがロングセラーとなっている、というから驚きだ。わたしはその手法に興味を持ったが、軽蔑を覚えたのも事実だ。そんなのは、まっとうな編集者の仕事ではない気がした。

その日、午後七時過ぎに帰ろうとしたとき、オサムシに飲みに行こうと誘われた。少し迷ったが、断る理由も見当たらず付き合うことにした。

自分で誘っておきながら、居酒屋の席でオサムシは口数が少なかった。どこか挙動も不審なため、誘った理由を尋ねたところ、編集部長に頼まれたとあっさり白状した。

「わたしを元気づけろとでも言われたんですか」

「そうじゃないよ。編集者として続けられそうか、探ってるんじゃないの」

「オサムシさんに、それがわかるんですか？」

「ぼくはわからない。向いてない役回りだよね。まあ、会社のお金で酒が飲めるんだから、いいじゃないか」

オサムシはだらしなく笑った。

その夜、わたしはオサムシにからんだらしい。記憶が怪しくなるくらい飲んだのは、ひさしぶりだった。

「編集者をやめたい」と口走ったことは覚えている。

「だったら、やめたら」とオサムシに言われた。

冷たいやつだ。

ただ、自分が本当につくりたい本をつくらずにやめるのは、もったいないという意味のことを言われた。

「かっこつけんなよ」

枝豆のさやを投げつけると、オサムシは避けずにニタリとした。


残業時間が減り、週末もほぼ二日連続して休みが取れるようになったわたしは、美代子さんを再び訪ねることにした。そのことを事前に母に伝えたところ、様子をよく観察してくるよう頼まれた。本当に惚けてしまったのかどうか。

施設を訪れる前日、会社の帰りに大型書店に寄った。この書店の棚のどこかに、美代子さんが楽しめる本がきっとあるはずだ。そう思いながら棚を巡った。

自分の知っている美代子さんの情報に基づき、テキストのあまり詰まった本ではなく、リラックスして読めそうな本を選んだが、人に本を贈る難しさを痛感した。


「おばあちゃん、元気にしてたー？」

部屋を訪れたわたしに、「あら、来てくれたのね」と美代子さんはのんびりとした口調で言った。約半年ぶりだったが、ついこないだ来たように施設も彼女の部屋も変わりなかった。

「本、持ってきたよ」と言うと、「あらあら」と美代子さんは笑った。

「この本も、佳恵がつくったの？」

どうやらわたしが編集の仕事をしていることは、覚えてくれていたようだ。

「そうじゃなくて、これはプレゼント。お気に召すかわからないけど、本屋さんで買ってきたの」

「それはありがとう」

美代子さんは京都を特集した雑誌を手に取って、「あら、渡月橋《とげつきょう》」とつぶやき、桂川《かつらがわ》で遊んだ子供の頃の話をさっそくはじめた。美代子さんは生まれ故郷が京都なのだ。

二冊目の野草図鑑を開くと、うれしそうに目を細めた。美代子さんは日本のハーブと呼べる野草に詳しく、実際に食卓にもよく並んだ。フキノトウやワラビ、山椒《さんしょう》やセリ、紫蘇《しそ》やミツバやノビル……。わたしが小さい頃、近所の野原でヨモギを一緒に摘んで、草餅をつくった話をしてくれた。

どうしても思い出話になってしまうんだな、と少しさびしく感じつつも、黙って聞いた。昔話をしているときの美代子さんは、とても穏やかで幸せそうだった。

最初にここを訪れたとき、美代子さんの思い出話にどうして苛立ったのか、今ならわかる気がした。わたしのなかには、過去を振り返ることが後ろ向きな行為で、そこからはなにも生まれない、と決めつけているところがあった。後悔をするなと自分を戒め、後ろを見ていては前へ進めないと信じ込んでいた。

でもどうだろう。美代子さんは、こんなにも過去を楽しんでいる。

そして、わたしは気づいてしまった。美代子さんがなぜ昔話ばかりするのか——。

それは惚けているからではなく、美代子さんには、語るべき未来がないからだ。彼女には失礼かもしれないが、強くそう感じた。お世話になった美代子さんになにかをしてあげたかったが、美代子さんにはできることがとても限られてきている。それは事実だ。そんな美代子さんにとって、過去こそが自分の人生であり、大切な宝物なのだろう。

「あら、この本は？」

美代子さんは花柄の型押しがしてある表紙の本を手にした。パラパラとページをめくるが、なかにはなにも書かれていない。

「なんだと思う？」

きょとんとしている美代子さんの表情が、ゆっくりほどけていった。

「わかった、毎日書くものでしょ？」

「ピンポーン、正解！」

美代子さんが最後に手にしたのは、なかみは自分自身で記す本。そう、日記帳だ。

美代子さんには日記を書く習慣があったことを、わたしは記憶していた。少なくとも一緒に暮らしているときは、床に入る前に台所のテーブルでひとり日記を書いていた。日記には、必ず夕飯の献立が書き留めてあった。おそらく同じ料理を短いスパンで続けて出さないための、彼女なりの務めだったのだろう。

日記帳をプレゼントしたのは、なにかの本で老化防止によいと書いてあったことも理由のひとつだ。

美代子さんは、日記帳のまっさらなページをしわだらけの手で撫でながら、「そういえば、佳恵に訊かれたことがあったわ。どうしたら、日記を書き続けられるのかって」と言った。

「そうだったっけ？」

「あんたが中学生の頃よ」

「そういえば、書いてたね」

こたえたとき、思いがけず自分が忘れかけていた過去を取りもどした。そういう会話をたしかに交わした。夕暮れ時の薄暗い台所。木製の踏み台に乗っている美代子さんの後ろ姿が不意によみがえった。

小さい頃から本が好きだったわたしに、美代子さんは本の読み聞かせをしたり、本を与えてくれたりしたわけではない。おそらくそれは自分の仕事ではないと決めていたのだろう。ただ、あるとき大切な言葉をくれた。

「佳恵、そんなに本が好きなら、自分でなにか書いてみたら」

なにげなく放たれた言葉。それがどういう意味なのか、わたしにはわからなかった。

「なにを書けばいいのかな？」

たぶん訊き返した気がする。

すると美代子さんは、日記を書くことを勧めてくれた。

それまで何度か日記を書こうとしたことはあった。けれどうまくいかなかった。書きたい気持ちはあるのだけれど、どうしても長続きせず、いわゆる三日坊主で終わってしまう。三日も書けば、自分の日常がいかに退屈か思い知るからだ。

そのことを打ち明けたら、美代子さんに笑われた。それは同じことを繰り返しているから、いつも同じ結果に終わるのだと。

彼女は言った。どんな一日であろうとも、ささやかな幸せの瞬間を見いだす敏感な心を持つべきだと。そうすれば退屈な日などなく、その発見を記せば、幸せに一日を締めくくれる。そして、自分なりのやり方を見つけなさい、と。

かくして、わたしは新しい日記帳を用意し、自分なりの書き方で日記を書き始めた。その日記は、中学校を卒業するまで続いた。

なぜそんなに長続きしたのか。それはやはり書き方にあった気がする。

わたしは日記を三人称で書く方法を思いついたのだ。主人公であるわたしには、架空の名前をつけた。そうすることによって客観的に自分を描けたし、自分の気持ちを主人公に代弁させることができた。日記が他人に読まれることを怖れたが、この方法ならだれに読まれたとしても、わけがわからず、その心配からも解放された。

日記だから当然ながら様々な人物が登場する。その登場人物たちにも架空の名前をつけた。たとえば、両親、弟、美代子さんなどの家族。美代子さんは、わたしの日記のなかでは、なぜか「カトリーヌ」という名前で登場した。「今日、カトリーヌが菜の花の辛子和《からしあ》えをつくってくれた」というふうに。

すらすらと面白いように日記が書けた。ときには脚色もしたが、それはそれで意識してのことなので、なんの問題もなかった。事実だけを書く必要もなかった。

日記の主人公は世の中の矛盾に憤り、些細《ささい》なことでへこみ、退屈な日常を冒険し、やがて恋をした。そういえば、好きな男の子の名前だけは本名にした。

そのおかしな日記を振り出しに、わたしは小説を書くようになった。そして自分の才能に限界を感じた頃、本の近くにいられる仕事、本をつくる編集者になりたいと思うようになった。本が好きなわたしに、美代子さんがかけてくれた言葉は、自分をより本に近づけることになった。それが出版に関わる、わたしの原点だったのかもしれない。

もしかすると美代子さんは日記を書き続けていたから、過去を鮮明に覚えているのかもしれない。過去を大切にしながら生きている気がした。

いつの間にか美代子さんは、わたしが小学生のとき、日曜日の朝に、梅酒の瓶に沈んでいるしわだらけの梅の実を食べた話をはじめた。その話は以前も耳にしていたが、わたしは「うん、うん」とうなずきながら聞いた。

母の言いつけを守って観察もしたが、なぜ美代子さんがスーパーで万引きなんてしてしまうのか、それはわからずじまいだった。

バス停でその本を読み終える頃には、日が陰り、夕暮れの気配があたりに漂っていた。バスのベンチをすっかり占領し、読書を満喫してしまった。声に出して背伸びをしたら、クスクスと笑い声が聞こえた。いつの間にか女子学生が後ろに二人立っていた。

何本バスをやり過ごしただろう。バスに乗れば美代子さんのいる施設までは三十分足らずの距離だった。

手にした本に収められた五つの短編は、いずれもだれにでも起こり得る人生における場面を、落ち着いた筆致で描いていた。ストーリーには精巧なトリックも、あっと言わせるどんでん返しも、感涙のラストシーンもない。けれど、なぜか胸に染みた。それは美代子さんが言っていた、ささやかな幸せの瞬間のような気がした。

ベンチを立ったわたしは、美代子さんに会いに行くのはまたにして、駅へと引き返した。わたしには、すべきことができた。

編集部のデスクにつくと、読み終えたばかりの『過ぎた日は、いつも同じ昨日』の著者、桜木修介《さくらぎしゅうすけ》についてインターネットで調べた。著書は一冊。プロフィールは詳しく公開されていなかった。本にも生年と出身地しか掲載されていない。自費出版の可能性もあるが、よくわからなかった。

退社後、オサムシを居酒屋にケータイで誘い出した。「おごり？」と訊かれたから、「先輩でしたよね？」と切り返した。「しかたない、割り勘で」とこたえた十五分後、オサムシが店にやって来た。

生ビールのジョッキを合わせようとしたら、「今日は枝豆の注文は禁止」と言われた。軽くにらみつけたあと、わたしは訊きたかったことを話した。まず自分に文芸書の編集は務まるかどうか――。

オサムシは驚いた顔で、「なんだ、てっきり会社を辞める相談かと思ったのに」と言った。

「勝手に決めないでください」

「やりたい企画でも見つかったの？」

オサムシは鋭い嗅覚を使ったように探りを入れてきた。

「まだ、なんとも言えないですけど」

「じゅうぶんいけるでしょ。やる気さえあれば」

オサムシは簡単にこたえを出した。

「たとえば作品を読んで興味を持った著者がいるとしますよね。いろいろと調べても、連絡先どころか、手がかりひとつつない。そういう場合、作家にはどういうふうにアプローチすべきなんですかね？」

「一年目の編集者じゃあるまいし、そんなの実用書だって同じことでしょ。著者ということは、少なくとも一冊は本を出しているわけで、その本の発行元である出版社の人間に尋ねてみるでしょ、フツーは」

「それで簡単に連絡先を教えてもらえるものですか？」

「場合によるね。まあ、その本を担当した編集者次第かな。当然おかしな人間に著者の連絡先を教えるわけにはいかない。いろいろと質問されるはず。まず用件はなんなのか。それを著者に伝えて、著者の了解を得てから、連絡先を伝えるというのがマナーでしょ。なかには著者とのあいだに入って、ガードしようとする編集者もいるだろうけど」

「――なるほど」

「で、だれなの？」

著書と著者名をこたえたところ、オサムシは予想通り首をかしげた。

続いて本の発行元を口にすると、「ずいぶんマイナーな出版社だね」とオサムシは口元をゆるめた。

「ご存じですか？」

「知ってるよ。あそこは規模こそ小さいけど、ときどきおかしなものを出す。というか、そこから出てる本を、一度いただこうとしたことがある」

「そのときは？」

「実現しなかった。最終的に著者のオッケーが取れなかった。そのとき話した先方の編集者なら覚えてる。会社に行けば、たぶん名刺があるはず」

「助かります」

「でもまたどうして？」

「偶然本を見つけて、読んだんです」

「それで、ピピーンときたわけだ」

「ピピーンとかじゃないですけど、まあ、お会いしてみたいなと」

「メールにしろ、電話にしろ、作家とのファーストコンタクトは大切だと思うよ。よく聞く話かもしれないけど、手紙なら初恋の人にラブレターを書くくらいの気持ちであたらないと」

「わかりました」

「でも編集者って、お得だよね。だって会いたい人がいれば、いろんな理由をつけて連絡を取ることができるんだから。交渉次第で実際に会えちゃう場合もある」

「そうですね」

「悪くない商売だろ？」

「かもしれませんね」

「まあ、うまくいくことを祈って――」

オサムシは貧相な腕でジョッキを持ち上げると、ゴツンとわたしのにぶつけた。


家に帰り、もう一度『過ぎた日は、いつも同じ昨日』を読み返した。

――やっぱり面白い。

と感じた。

オサムシのやつに読ませてもいいが、あいつにこの面白さがわかるかどうか。それよりも明日、名刺を捜してもらい、本の発行元である出版社に連絡を取ることに決めた。

一冊の本との出合いが、自分を変えようとしている。そんな予感がした。本には、そういう魔法があるのだ。

その夜、わたしはこれまで振り返ることを自分に禁じてきた過去について、思い出してみることにした。そんな気持ちにさせたのは、美代子さんから聞いた思い出話であり、今日偶然見つけた一冊の本のせいにちがいない。それは今も心の痛みを伴う作業だったけれど、時間がたったぶんだけ、落ち着いてできた気がする。

沢田隆志が死んで、自分が生き残ったあと、何度も考えた。バイクから投げ出され、宙に舞った隆志が、いったいなにを思っていたか。

たぶん、その瞬間「やっちまった！」とあいつは悔やんだにちがいない。宙を飛ぶなんて、隆志の夢じゃなかったはずだ。でも隆志がその直後、一緒に遊園地で乗った回転木馬のように、これまでの人生の名場面をぐるぐると思い巡らせたとしたら、きっとわたしとの時間も出てきたはずだ。隆志は早めに人生を終わらせてしまったけれど、ハッピーな瞬間がなかったわけではない。わたしはそのことを知っている。

――あいつだって、精一杯生きたんだ。

そう思えた。

そんなわたしを、隆志は薄情者と天国から笑うだろうか。

ある朝、遅刻したわたしは学校の最寄り駅でぐうぜん隆志と会い、一緒に授業をサボることにした。ぶらぶらと人気《ひとけ》のない道を選んで歩くうちに、だれもいない野原を見つけ、クローバーの群生した場所に二人で腰を下ろした。肩を並べて寝そべると、秋の高い水色の空が見えた。

隆志は就職先が決まってうれしそうだった。わたしは受験前だったが、志望校が定まりつつあった。隆志とわたしは、高校を卒業してからも付き合おうねと話し合った。お互い自分たちには、約束された未来があると信じて疑わなかった。

隆志の左手が制服のスカートのなかに伸びてきて、太腿《ふともも》を撫ではじめた。

わたしは空を見上げてじっと動かなかった。

やがて隆志の指先は、もりあがった恥丘のあたりをゆっくりと上下した。

隆志は女の大切な場所を探しあぐねているようだった。

わたしは急に可笑《おか》しくなって、声を出して笑いだしてしまった。

手を引っ込めた隆志は、わたしの上に覆い被さるようにすると、乱暴に抱きしめ、キスをし、一緒になって笑った。

「おれ、怖いくらい幸せだよ」

隆志の声が、今もはっきりと耳に残っている。

——まるで、昨日のことのように。


「ずいぶん、懐かしい名前だったもので」

わたしが著者、桜木修介の名前を告げ、『過ぎた日は、いつも同じ昨日』の担当編集者を尋ねたところ、電話に出た男が言った。声はどこかうれしそうだった。男は、オサムシから渡された名刺の梶山《かじやま》本人だった。

余計なことは言わずに、著者の連絡先をまず尋ねた。

「一度、桜木先生にお会いしたいと思いまして」

「それは、どういったご用件で？」

梶山の声は穏やかだが毅然としていた。

少し迷ったが正直に話すことにした。

「『過ぎた日は、いつも同じ昨日』を読みました。とてもよかったです」

「そうでしたか」

梶山の口調がなぜか少し重たくなり、「あの本は、いろいろと経緯《いきさつ》がありましてね、うちから出すことになったんです」と言った。

わたしが黙っていると、「もしかして、あの本のリメイクを考えておられますか？」と訊かれた。

「なぜですか？」

「以前おたくの編集者の方から、別の本ですが、そういった話が持ち込まれたと記憶してます」

オサムシの名前を出そうか迷っていると、「たしか、塩前さんだったかな」と言われた。

「ええ、その編集者はたしかに……」

「お元気ですか？」

「だと思います」

梶山は懐かしそうに笑い、話をもどした。「正直悔しいんですけどね。ぼくも桜木さんの本にはとても思い入れがある。でも出版社としてのうちの力では、世の中にあの本の存在を知らしめることはできなかった。文芸書という壁もあった気がします。それはそうと桜木さんですが、じつは連絡先がわからないんです。住所も電話番号も変わってしまって。何年か前にお会いして以来、それっきりで」

「そうでしたか……」

「ええ、申し訳ないんですが」

「あの本は、もう絶版ですか？」

「いえ、絶版ではありません。生きてますよ。今も細々とですけど、客注で出ていきますから。たぶん口コミだと思います。もしかして、執筆を依頼するおつもりでしたか？」

「まだわかりませんが。――わたしとしては、できれば」

「おそらく、本人は首を縦に振らないと思いますよ」

「なぜですか？」

「それは、ぼくの口からは……」

梶山は口ごもった。

「なにか、桜木先生の所在を知る上で、手掛かりになるようなものはありませんかね？」

梶山はしばらく黙ったあとで口を開いた。

「本気なんですか？」

「ええ、もちろん」

「あの本の売れ行き、調べました？」

「いいえ」

「それはどうなのかな。著者にあたる前に、売れ行きくらい、事前に調べるべきじゃないかな」

「いえ」とわたしは言った。「自分の感性を信じたいので」

電話口の向こうで、梶山は声を出さずに笑ったかもしれない。小さい出版社とはいえ、おそらく梶山はわたしなんかよりよっぽど多くの本を編んできたはずだ。

「じつはぼくも、このまま彼に終わってほしくない。でもぼくでは難しいだろうな、とも思います。手掛かりになるかわかりませんが、彼と最後に会った場所なら覚えてます。もしかしたらまだその街で暮らしているかもしれない。もちろんそれだけじゃ、雲をつかむような話かもしれませんけど」

梶山は東京近郊にあるという、聞きなれない街の名前を口にした。なんだか私立探偵にでもなったような気分だ。

「そちらでお会いしたんですね」

「そうです」

「どれくらい前のことですか？」

「一昨年だったかな。どうしても、もう一度話がしたいと頼み込んで、彼が飲みに行くという店に押しかけた次第です」

「どういった用件で？」

「それは、言わないでおきます」

梶山の声が低くなった。

よく見えない話だったが、「わかりました」と応じた。

「その店は覚えてますか？」

「ええ、小さなバーでしたね、たしか名前は――」

梶山が店の名前を口にした。

「『ピノキオ』ですね？」

わたしが訊き返すと、「いえ、『ピノッキオ』です」と梶山は丁寧に言い直した。

バー・ピノッキオ

開店時間である午後六時きっかりに、店のドアが静かに開き、最初のお客様がお見えになりました。年の頃は二十代半ば。女性おひとりさまでのご来店です。白のポロシャツの上に薄手の紺のブレザーを着て、大振りな牛革のバッグを肩から提げていました。バッグはかなり膨らんでいて重そうでしたが、そういう素振りは一切見せず、大切に扱っている印象を受けました。

店は六時に開けますが、そんなに早く来るお客様は、正直めったにいらっしゃいません。オープンの時刻に合わせてご来店いただいたのかもしれません。とてもありがたいのですが、当店はガイドブックや雑誌などで紹介されるたぐいのバーではありませんから、多少不思議に思ったのは事実です。

彼女は閉まったドアを背にして立つと、直立不動のままカウンター席だけの店内を見まわしました。初めてのお客様は、必ずそちらで立ち止まり、同じような仕草をされます。店は地下にある上、照明をかなり落としています。警戒心が起きるのはやむを得ません。女性ひとりであればなおさらでしょう。薄暗く狭い階段をハイヒールで降りて来て、なかの様子が見えない重い扉を開くこと自体、ある種の勇気を必要とするかもしれません。

「いらっしゃいませ」

その勇気に敬意を表し声をかけましたところ、彼女はカウンターのなかの私を一瞥し、首をすくめるように頭を下げました。両頬を包むようにして肩まで伸びた髪が、同時にふわりと上下しました。

初めて店を訪れたお客様のなかには、この時点で自分には場ちがいだったと気づかれ、さっさと背中を向けて退散される方もいらっしゃいます。それはお客様と店、あるいはバーテンダーである私との相性ですから、仕方のないことです。

ただ、お客様が店を品定めするように、こちらもお客様をさりげなく拝見しています。常連さんに支えられている当店のような場合、客を見る目を持つことも大切になります。もちろん、一見《いちげん》さんお断りというわけではありませんが、なるべくなら自分の店に合ったお客様をお迎えしたい。そう考えてもいます。

「よろしければ、こちらに」

L字型をしたカウンターのほぼ中央、照明の明るい席をおすすめしました。少し迷ったご様子のあと、「奥の席でもいいですか？」と澄んだ声が返ってきました。

「どうぞ」とこたえますと、短いカウンターの壁際の席に着かれました。

カウンターには基本的になにも置いてありません。どの位置に座ろうと、バーテンダーの私から死角になる席はございません。

長年この仕事をやっておりますと、お客様の席の選び方ひとつで、性格の一端を推し量ることができるようになるものです。彼女は一見おとなしそうですが、じつはかなり好奇心旺盛なタイプと拝見しました。隅の席を選んだのは気が小さいわけではなく、そこからいろいろと観察したかったのではないでしょうか。安易に人の言葉に流されない芯の強さ、自分なりの嗜好《しこう》をしっかり持っている方のようです。どことなく慎重そうに見えるのは、そうならざるを得ない理由でもあるのでしょうか。もちろんこれはあくまでも私の推測にすぎませんが。

席に落ち着くのを待って、コースターと受け皿にのせた熱いおしぼりをお出ししました。深緑色のコースターには白ヌキで「Pinocchio」と店の名前を入れてあります。おしぼりは自家製です。

「今日は、どなたかとお待ち合わせですか？」

なにげなく声をかけました。

「いえ、そういうわけでは」

彼女はこたえながら、あらためて狭い店内を見渡しました。視線はなにかの痕跡を探すように慎重に動いていました。あくまで表情は穏やかですが、なにひとつ見落とすまいといった意思を感じました。たとえば、まちがいさがしの本を眺めているような感じです。かといって、不快な感情を抱かせるわけではありません。どこか懐かしそうな目でもありました。

ご来店されたお客様が、バーでそのような仕草をされる場合、なんらかの理由があるはずです。たとえば何年か前にこの店を訪れたことがあるとか、どなたかからご紹介を受けて来た場合などがそうです。それについてお尋ねしようかと思いましたが、静かに待つことにしました。こちらからお客様に声をおかけするのは、本来私の流儀ではありませんので。

彼女は酒瓶の並んだバック・バーをしばし眺めていました。お客様のなかには、バーのカウンターでメニューを求められる方がいらっしゃいますが、あいにく当店では用意しておりません。手抜きというわけではなく、あまりそのようなことに時間をかけたくないのです。なにかあれば私に声をかけていただければ幸いです。

彼女は自然な感じでスタンダードなカクテルの名を口にしました。

「かしこまりました」

注文を受けてペティ・ナイフでライムを切ろうとしたとき、続けてもうひとつの名前を彼女は告げました。それはカクテルでも、おつまみの名前でもありません。聞き覚えのない男の名前です。

「ご存じないでしょうか？」

私は手を止めて、首をかしげました。

正直に言えば、その質問にはいささか困惑しました。どうしても唐突な感じを拭えず、曖昧な応対にならざるを得ませんでした。たとえその人物を知っていたとしても、当店のお客様であれば、彼女の素性を知らずにこたえるわけにはいきません。

「こちらのお店、『ピノッキオ』さん、ですよね」

「ええ、そうですが」

めずらしく正確な店名を口にされたため、言葉を大切にされる方だと感じ、気を取り直した次第です。

「じつは一昨年くらい前のことらしいのですが、こちらのお店に、その方が来ていたと耳にしたものですから」

彼女は両肘をカウンターに立てて、指輪をしていない両手を組みました。

「それはまた古い話ですね。この年になると先週のことだって、あまり覚えちゃいませんからね」

とぼけて笑うと、彼女は微かに悔しそうな笑みを浮かべました。感情が表に出やすい方は、得てして素直な気がします。

「それにお客様のお名前を、ひとりひとり聞くわけではありませんのでね」

私の言葉に、「たしかに、そうでしょうね」と小さな声で認めました。

「もしかして、探偵さんかなにかですか？」

少々からかったつもりですが、「え、そんなふうに見えますか？」と驚かれましたので、「冗談ですよ」とこたえ、口元を意識的にゆるめて見せました。彼女はそこで緊張を一度解いたようです。

書類や本の詰まった牛革のバッグのなかをゴソゴソとやって名刺を取り出すと、私に差し出しました。会社の名前の下に、部署名と名前が印字されている普通の名刺です。会社の所在地は、以前私がチーフ・バーテンダーとして働いた店から、さほど遠くありませんでした。もっとも三十年ほど昔の話になりますが。

「わたしの知り合いがその方とこの街で会う際、お店を『ピノッキオ』に指定されたらしいんです。もしかしたらご存じかと思いまして。あるいは今も、来てはいないかと――」

彼女の眉が内側に寄せられたため、「もう一度、お名前を」と尋ねました。

「桜木修介、と言います」

私はしばらく考えてからこたえました。「残念ですけど、お名前を存じ上げている常連の方には、やはりそのような方はいらっしゃいませんね」

「そうですか」

彼女は組んだ両手に細い頤《おとがい》をのせるようにして、静かにうなずきました。

私は黙って注文の続きに取りかかりました。ライムを六分の一にカットしたあと、タンブラーに角氷を階段状になるようたっぷり入れます。冷凍庫からジンの瓶を取り出し、メジャー・カップで正確に45㎖量り、タンブラーに注ぎます。カットしたライムから苦みが出ないように軽く搾り、その上からフタをするように冷えたトニックウォーターを静かに注ぎ、ゆっくりステアします。ステアというのは、柄の長いバー・スプーンでかき混ぜることを言います。最後に搾ったライムを浮かべ、この日一杯目のカクテル、ジン・トニックのできあがりです。

特にリクエストがありませんでしたので、ジンはビーフィーターの四十七度を使いました。ジン・トニックは、バーでの「とりあえず一杯」の飲み物の定番です。つくり方は店によって微妙に異なるため、そういう意味では簡単そうで、じつは奥の深いカクテルと言えるでしょう。

「お待たせしました。ジン・トニックでございます」

コースターの上にお出ししました。

タンブラーを手にした彼女は、喉が渇いていたのか、炭酸のはじける飲み口にかたちのよい鼻をもぐり込ませるようにして、ゴクリとやってくれました。気持ちのよい飲みっぷりです。よく言われることですが、カクテルも寿司と同じようにできたてが一番おいしいです。すぐに手を伸ばしていただけたら、つくり手としてはうれしいものです。彼女は力が抜けたのか、ほっとため息をつかれました。

開店から三十分くらいたった頃、二人目のお客様がご来店になりました。騒々しくドアを開け、「マスター、喉カラッカラ。あれ、つくってください」と声をかけてきました。太ったからだを揺するようにして入ってきたのは、地元でリサイクルショップを経営している松本さんです。カクテルのテキーラ・サンライズのような斑《むら》のある、オレンジ色のTシャツの胸元を、汗の粒で濡らしていました。

「あれって、なんでしょう？」

私は尋ねました。

「ほら、あれですよ。夏にゴクゴク飲む、グラスの縁に塩の付いたやつ」

そのクイズのようなせりふで、彼の求めている飲み物がなんであるのか、大方わかりました。しかし、私は敢《あ》えてカクテルの名前を申し上げませんでした。

バーを訪れるお客様のなかには、以前飲んだカクテルを注文したいのだけれど、肝心の名前が出てこない、という方が意外と多くいらっしゃいます。それは当然のことかもしれません。なぜならカクテルは、スタンダードなものでさえ百種類をゆうに超えるからです。

カクテルはベースとなる酒にジュースや別の酒を混ぜてつくるわけですが、カクテルを構成する材料がわずかに変わっただけでも、別の名前が付いたりします。ですから当店ではカクテルのメニューというものが存在しないわけです。リクエストがあれば、カクテルの名前をおっしゃっていただくか、飲みたいものをお客様自身で表現していただくしかありません。

「ほら、あれですよ、あれ。ウオッカをグレープフルーツ・ジュースで割ったの」

松本さんはカクテルの名前を思い出すのを断念したのか、自分の知るレシピを口にしました。これもお客様が飲みたいカクテルの名前が出てこない際に、よく使う手のひとつです。ジンだとか、ウオッカ、ラム、テキーラなど、ベースとなるスピリッツの名前を口にすることも多いようです。なかには色だけしか覚えていない困った方もいらっしゃって、なにやら謎解きのような具合になることもありますが、たいていの場合、お求めのカクテルをつくることは可能です。

「ソルティ・ドッグじゃないですか？」

先にご来店されていたお客様が助け船を出されました。

すると松本さん、初めて彼女の存在に気づいた様子で、急に声色《こわいろ》が変わりました。

「これは失礼しました。お客さんいたんですね」

私が笑いをこらえてうなずきますと、「そう、当たりです。それですよ、それ」と松本さんはゆるんだ顔でこたえ、長いほうのカウンターのスツールに腰を落ち着けました。

常連というのは、悪気はないのでしょうが、ときおり店のプライドを傷つけるような言葉を平気で口にします。冗談めかして注意でもすればよいのでしょうが、私はどうも苦手で黙ったままやり過ごします。松本さんには目だけで合図をして、注文を受けました。

私の店の場合、ソルティ・ドッグには寸胴型《ずんどうがた》のタンブラーを用います。レモンをナイフで半分に切って、切り口をグラスの外側の縁に沿ってあて、果汁を塗っていきます。そのグラスを逆さにして持ち、あらかじめ天然塩を敷いた平たい皿に、湿らせたグラスの縁を軽く押しあてるようにして塩を付ければ、いわゆるスノー・スタイルのグラスのできあがりです。このとき余分な塩を払うことは大切ですが、松本さんはかなり汗をかいているご様子だったため、塩はあまり落とさず、少し多めにしておきました。あとは至ってシンプルです。グラスに氷を入れ、ウオッカとグレープフルーツ・ジュースを注ぎ、ステアします。

「あー、生き返る」

松本さんはうまそうにグラスを傾け、一気に半分ほど召し上がりました。タンブラーのなかの氷がカラカラといい音を立てました。

「やっぱり、夏は塩分補給しないとね」

　松本さんがメガネのつるに指をかけて言うと、彼女がクスリと笑いました。

「ソルティ・ドッグと同じ材料を使って、グラスを塩でデコレーションしないカクテルもあるんですよ」

　私が言うと、「ほんとに?」と松本さんは目をまるくしました。

「ええ、巷では『ブルドッグ』と呼ぶようです」

「グラスに塩が付いてるから、うまいのに」

「私もそう思います」

「でもなんだか変だよね」

「と、いいますと?」

「ソルティ・ドッグってもともと犬の種類のことじゃないでしょ」

「そうですね。『ブルドッグ』はおそらくお客さんたちが、ふざけて付けた名前ではないでしょうか」

「ソルティ・ドッグって、そもそもどういう意味なのかな?」

　松本さんが首をかしげたのを見て、私の知っている範囲でこたえることにしました。

「ソルティ・ドッグとは、直訳すれば『しょっぱい犬』ですが、もちろんそうではないわけですね。ソルトは塩ですが、ここではふたつの意味をなすようです。ひとつは、海の塩気。もうひとつは、汗の塩気です」

「海と汗？」

「そのようですね」

「じゃあ、ドッグは？」

「これはそのまま犬ではなく、どうでしょう、『野郎』みたいな感じですかね。海と汗といえば、思い浮かべるのは水夫。まあ、諸説あるかもしれませんが、潮風と汗の染み込んだ水夫。それが転じて、しょっぱいやつ、ということになるのではないでしょうか。カクテルの本などを読みますと、ソルティ・ドッグは英国の船乗りたちの隠語で、『甲板員』という意味があると書かれています」

「へえ、そうなんだ」

「ソルティ・ドッグが生まれたのは、一九四〇年代のイギリスと言われています。元々のレシピでは、ベースはウオッカではなくジンを用いていたそうです。ジンとグレープフルーツ・ジュースに塩をひとつまみ直接入れて、シェークしたものが原型だったようです。第二次世界大戦時と考えられますから、水夫のあいだで流行して、自虐的に名付けられた気がしますがね」

「なるほどね」

「その後、アメリカに渡ってレシピは改良され、ジンがウオッカに代わり、塩は直接入れず、グラスにデコレーションするスタイルに変わりました。日本にもグレープフルーツが豊富に入ってくるようになって、一躍人気のカクテルになったようです」

「なんだよ、じゃあぼくの飲んでるのは、潮風と汗の染み込んだ水夫ってわけ？」

松本さんが顔をしかめ、彼女がクスクスと笑いを漏らしました。

「でも、塩ってお酒に合いますよね」

彼女が会話に加わってきました。

「よくご存じで」

松本さんが言い、お客様同士での会話の始まりです。

「いえ、父が塩をあてにして、日本酒をよく飲んでいたもので」

「そりゃあお父さん、かなりの酒飲みだ」

「そうかもしれません。今は車椅子の生活なんですが、倒れたのは、お酒も関係していたように思います」

「それはお気の毒に――」

松本さんが二重顎でうなずきました。

私はカウンターの奥に下がり、こまごまとした仕事を始めました。この店は以前働いていた都会のバーとは異なり、店も狭く、お客様の数も多くありません。本来であれば開店前に仕込んでおくべきことを、営業時間の空いた時間にこなすようにしています。これは言ってみればバーテンダーとしての堕落だと自覚しておりますが、もう七十を超える年のため、ひとりで続けるためには大目に見ていただきたい部分です。

しばらくして彼女のグラスが空になっているのを認めて様子をうかがうと、「なんだか、わたしもしょっぱいやつが飲みたくなりました」とのことでした。

黙って待っていますと、「なにかできますか？」と声がかかりました。

私はしばし考え、「テキーラは召し上がりますか？」と尋ね返しました。

「たぶん飲んだことないですけど」

「テキーラは、竜舌蘭《りゅうぜつらん》という植物を原料としてつくられている蒸留酒です。よろしければ、そのお酒をベースにした、グラスの縁を塩でデコレーションするカクテルをおつくりしますが？」

「なるほど、塩をグラスの縁に付けるのは、ソルティ・ドッグだけじゃないんですね。だからさっきマスターは、すぐにソルティ・ドッグとは言わなかった」

彼女は納得した様子で首を揺らしました。

私が軽く顎を引いて待つと、「面白そう、じゃあ、それを」と注文をいただきました。

松本さんが思い出したようにつぶやきました。

「海か……」

私が顔を上げると、「夏はやっぱり海ですよねぇ。行ってないな〜、海」とまた独り言のように言いました。

普段から松本さんは自分を卑下するような言葉を、だれにともなく口にしますから、気にしないことにしました。おそらく松本さんは、自分は長らく彼女もおらず、それ故に海にも行っていない、そう言いたかったと想像します。私は黙ってカクテル・グラスにレモンの切り口をあて、果汁を塗る作業に取りかかりました。

「ねえマスター、最近、海行きましたぁ？」

松本さんは、彼女に話しかけるのを遠慮してか、海の話題をこちらにふってきました。

「いえ、もう長らくご無沙汰してます」

「やっぱりね、そうですよね。最近、みんな海へ行かなくなったって、新聞にも書いてあったもんな。ぼくだけじゃないですよね」

松本さんは薄くなった頭頂部の髪にやさしく手をやりました。

ショート・ドリンク用のカクテル・グラスを天然塩でスノー・スタイルにして、カウンターにあらかじめ用意しておきます。作業台に逆さに置かれたシェーカーを手に取ると、ひんやりとしたステンレスの感触が手のひらに伝わっていきます。アイスボックスの氷をシェーカーのボディにたっぷり入れ、続いて材料のテキーラ、ホワイト・キュラソー、レモン・ジュースを分量通りに注ぎ、ストレーナー、トップをはめます。ストレーナーというのは、氷や果物の種などがグラスに入るのを防ぐ、小さな穴の開いた中蓋のようなものです。

右手の親指をトップにあて、両手でシェーカーを包むようにして持ち、背筋を伸ばし胸の前で振ります。静かなバーに小気味よい音をしばし響かせると、トップを外し、ストレーナーを通して、渾然一体となった液体をグラスに注ぎ出します。できあがったカクテルは最後の一滴まで絞り出すように残さず注ぎ、細いグラスの脚をつまんでお客様の前に差し出します。

「お待たせいたしました」

「これは？」

「――マルガリータでございます」

私は感情を抑えるようにして、その名前を口にしました。

「へえー、これが」

彼女は、今度はすぐに手を伸ばさず、グラスのなかのちいさな海を見つめていました。

「きれいな色」

そうおっしゃってくれました。

私もマルガリータは美しいと常々思っています。

グラスを手にした彼女は、グラスの縁近くまで入った酒をこぼさないように、ゆっくりと口元へ運びました。唇がグラスに触れ、液体をすすると、唇の両端がわずかに引き締まり、そしてゆるみました。

「——おいしい」

「ありがとうございます」

軽く会釈する自分の唇も少しゆるんだようです。バーテンダーをやっていて、よかったと思える瞬間です。

「塩が少しきつければ、拭き取ってもかまいませんよ」

私はナプキンを差し上げました。

「マルガリータって、女の人の名前ですよね」

「ええ、そうです。英名で言うところの、マーガレットですね」

カクテル、マルガリータの由来については、ご存じの方も多いかと思います。カクテルのなかでは、最もセンチメンタルに語られる有名な説があります。カクテルの由来は、そのカクテルがつくられた年が古いほど、諸説ある場合が多いわけですが、マルガリータも例外ではありません。

　最も一般的な説とされるのは、一九四九年にロサンゼルスのバーテンダー、ジャン・デュレッサー氏が創作し、米国でのナショナル・カクテル・コンクールで優勝した作品であるというもの。カクテルの名、マルガリータとは、デュレッサー氏の若かりし頃の恋人の名前で、運悪く猟場で流れ弾に当たって亡くなったその恋人を偲《しの》んでつくられたと言われています。創作した当時、デュレッサー氏がおいくつだったのかは存じませんが、バーテンダーとしては、おそらくベテランの域に入っていたのではないでしょうか。

　ベースにテキーラを使ったのは、恋人だったマルガリータの故郷、メキシコの酒であることが理由のようです。テキーラは日本ではあまり馴染みのないスピリッツかと思います。青いレモンをかじるようにして口のなかに搾り、親指の付け根にのせた塩をなめながら飲むやり方が現地では根付いています。そのためデュレッサー氏もカクテルを創作する際、塩を用いたのだと考えられます。亡くなったマルガリータもまた、テキーラが好きだったのかもしれません。

　私がカクテルのマルガリータについて、かいつまんで話しますと、彼女は静かに聞いてくれました。

「ところで、お腹《なか》のほうはだいじょうぶでしょうか。簡単なおつまみならご用意しておりますが」

声をかけたところ、彼女は穏やかな笑みを浮かべました。グラスはすでに空っぽになっていました。

「いえ、ごちそうさまでした。今日はこれで帰ることにします」

彼女は両手をカウンターに揃えるようにして、お辞儀をしました。

「ありがとうございました」

私は一礼し、「捜してる方が見つかるといいですね」と付け加えました。

「ええ、あきらめてはいません」

彼女は急に現実に引きもどされたように頰を引き締めました。

「名前だけでなく、特徴がわかるとよろしいかもしれません」

「そうですよね、そのことに気づきました。それに考えてみたら、本名はちがうのかもしれません」

「といいますと？」

思わず怪訝な表情を浮かべたかと思いますが、尋ねました。「偽名を使っているということですか？」

「いえ、そうではなくて」

　彼女は小さく笑い、「その方、作家なんです」とおっしゃいました。

「作家？」

「小説家です」

「はあ、そうするとあなたは？」

「本をつくる編集の仕事をしています。その方は一冊だけ著書があるんですが、その本を読んで、ぜひお会いしたいと思いまして――」

　彼女は続けて本のタイトルらしき言葉を口にしました。小説にしては、少々長ったらしい題名でした。

「それじゃあ、ご本人には、お会いしたこともないのですか？」

「ええ」

「なるほど、ようやく話が見えてきました」

「今日は残念でしたけど、この店にお邪魔できてよかったです。カクテルの由来なんかも聞けて、ちょっとだけ利口になった気がします」

「恐れ入ります」

　お会計をすませますと、「また、来ます」と言って、彼女は牛革のバッグを大事そうに肩にかけ、ドアの向こうに消えていきました。店にいらっしゃったのは、小一時間だったかと思います。長居をせずに、飲んだらさっさと帰るあたり、気持ちのよいお客様でした。

奥の厨房でアイス・ピックを使ってオン・ザ・ロックに使う氷を削っていますと、「マスター、今のお客さん初めて？」と松本さんの声がしました。

「ええ、そのようですが」

「彼女、だれかを捜してるんですか？」

「そうらしいです」

「へえー、だれなんだろう」

「お名前をお聞きしましたが、存じ上げませんでした」

「それって男？」

黙っていると、「じゃあ、元カレかな」と口にしたので、「いえ、そうではないようですよ」とだけこたえました。

「そう。――それはなにより」

最後の言葉は聞かなかったことにして、私は作業を続けました。

「あー、海にでも行こうかなぁ」

なぜか少しだけ元気になった声が聞こえてきました。

ひとりカウンターに取り残されるかたちになった松本さんでしたが、サンドイッチをつまみながら、三杯ほどお酒をお召し上がりになりました。その後、彼が天敵と公言する若いカップルが来店しますと、独り言をやめて急に静かになり、しばらくして帰って行きました。

松本さんのご友人である宮下さんが店に顔を出したのは、十時前のことです。ドアから顔を半分のぞかせて「あいつ来ました？」と訊かれたため、「先ほど帰られましたよ」とこたえました。そのまま行ってしまうのかと思えば、スーツ姿でカウンターの席に座り、ネクタイをゆるめながらコロナビールを注文されました。

宮下さんは、松本さんと高校時代同級生だったそうで、地元の不動産販売会社に勤めています。営業を担当しているらしく、かなりおしゃべりな方です。商売柄、地元の情報に精通していて、それほど興味のない噂話なども惜しみなく披露してくださいます。最初に松本さんを訪ねて店に来たときは、あまりに騒々しく、もう少し静かにするようにお願いしました。すると悪びれもせず、「ほかにお客はいないじゃない」と言いましたので、「私が居ます」と申し上げました。騒ぎたいならほかの店に行くよう勧めますと、それからは自重するようになりました。どうやらいつも女性の付く賑やかなお店で飲んでいるらしく、そういう場所での酒の飲み方に慣れてしまっているようです。面白いのは、叱られてもまた店にやって来るところです。

「松本のやつ、最近付き合い悪いんですよ。女でもできたのかなぁ」

宮下さんは心配そうです。

「今日も、おひとりでしたよ」

「あいつ、ここにはよく来ますよね」

「まあ、そうですね」

「かわいい子でも入店したのかと思って」

「そういったことは、うちではあり得ません」

私が言いますと、「マスター、ジョーク」とにやつきました。

「あいつ、ここではどんなものを飲むんですか？」

プライバシーに関わることかと思いましたが、ご友人ですのでこたえました。宮下さんに普段どのようなお酒を召し上がるのか逆に尋ねようかとも思いましたが、失礼になるかもしれませんので、やめておきました。

「あいつも、たまにはストレス発散させたほうがいいと思うんだけどなぁ」

私は黙ってグラスを磨くふりをしていました。

「ところでマスター、この店少し手狭じゃないですか？　貸店舗でいい物件あるんだけどなぁー」

「移転の予定はございません」

「そっか、そうですよね。じゃあ、格安のマンションなんてどうですか？　年配の方にも安心の二階。なんとこの築浅物件、家具も付いてます。もちろん必要なければ廃棄してもらってけっこうなんですけど、すべてほぼ新品なんです」

「わけありの物件ですか」

「さすが、鋭いマスター。そう、じつは売り主が先日離婚したもんで、急ぎ処分したいらしいんですよ。壁には壮絶な夫婦げんかの痕跡が、前衛芸術ばりにそのまま残ってるんですけどね。たぶん食事中だったんでしょうね。ナポリタンスパゲッティーらしきパスタの跡がくっきり残ってますから。でもリフォームすれば、バッチリきれいになります。なんならリフォーム業者はうちのほうで手配しますんで。まあそのまま残しておいても、なにかの教訓になるかもしれませんし、とにかくお買い得です」

「そんなにお得なら、ご自身で買われたらどうですか？」

「家具だけじゃなくて、お嫁さんが付いてくるなら考えますけどね。でも待てよ、たしかにそういう考え方もあるよな。けど離婚しちゃった夫婦の物件なんて縁起よくないから、松本にでも勧めてみるか」

しばらく自分の仕事について一方的に話され、ビールを飲み終えたとき、ケータイが鳴り席を立ちました。もどって来て勘定をすませ、「そんじゃあ」と言って帰られました。きっと行きつけの店の女性からの誘いの電話だったのでしょう。お酒の楽しみ方は、じつに人それぞれです。

カップルのお客様が帰られた十時半過ぎに、会社帰りの奈穂さんがご来店されました。奈穂さんは去年の春、雨宿りをするためにこの店を訪れて以来、よく来ていただくようになりました。今や店の常連と言えるかもしれません。今夜はいつもより遅いご来店です。

「――こんばんは」

「いらっしゃいませ」

普段通りの挨拶で迎えました。

「あれ、お客さんは？」

奈穂さんは、カウンターの奥の席を見つめました。

私は黙ったまま、奈穂さんがいつもお座りになる席にコースターとおしぼりを用意しました。

「そっか……」

つぶやくと、スツールによじのぼるようにして座りました。目が少し充血しているようで、めずらしく少々酔っているご様子です。

「いつものでよろしいですか？」

「お願いします」

奈穂さんお気に入りのカクテル、シンガポール・スリングに取りかかりました。彼女にとって、思い出のカクテルのようです。

「今日って、だれか来ました？」

「松本さんが来られましたよ」

奈穂さんの言うだれかとは、この店で知り合いになったお客様のあいだでのお仲間のことにちがいありません。

「先生は？」

「そういえば、最近いらっしゃらないですね」

「――やっぱり」

ため息が漏れました。

奈穂さんは、この店で知り合った先生と呼ばれる男性に好意をお持ちのようです。しかし奈穂さんと先生とでは年齢が離れているため、その好意が恋愛感情へと発展するものかはわかりかねます。もちろん恋愛に年齢差など関係ない場合もありますが、少なくとも私の目には、その後二人の関係が進展しているようには見えません。もちろん立ち入った話はしませんから、詳しいことは存じませんが……。

最近、店での奈穂さんは、ずいぶん饒舌になって、私にいろいろと話しかけてきます。私のバーでの修業時代には、「バーテンダーは必要以上のことをしゃべるものじゃない」と教わりましたが、最近ではバーテンダーに求められるものは、大きく変わってきたように思います。たくさんの種類のカクテルをつくれたり、酒に関する広い知識を持っているだけでは、今やバーテンダーは通用しない時代のようです。多くの場合、私は聞き役に徹しますが、接客の技術はこれまで以上に大切になってきているそうです。これはバー自体の役目が変わったせいかもしれません。

「親っていうのは、やっぱりあれですかね」

奈穂さんが言いました。

「あれとは？」

「自分の子供がいつまでも心配なんですかね？」

「まあ、早く自立することを願っているでしょうね」

「その言葉なんだよなぁ、よく言われる。でも、親の言う自立って、なんなんですかね？」

奈穂さんは、少し顔をしかめました。

「親元を離れて、自分の家庭を築いて暮らすこと、ですかね」

「それって、つまりは結婚ですよね？」

「それもひとつのかたちでしょうね」

「うるさいんですよ、いろいろと」

「言われているうちが、花かもしれませんよ」

私は笑いを含めて言いました。

「こっちだって、いい相手さえいれば、ねえ？」

手にしたグラスのなかの夕焼けが微かに揺れています。

「見当たりませんか？」

「見当たりませんねぇー」

「親というのは、自分の子供がいくつになっても、子供に変わりないんですよ。三十になっても、それこそ四十になっても」

「そういうものですか？」

私は軽くうなずきました。

「マスター、お孫さんは？」

「おりませんね」

「孫の顔とか早く見たいものなのかなぁ」

「それはどうでしょう。人それぞれではないでしょうか」

「わたし、ひとりっ子なんで、見せてやりたい気持ちも強いけど」

「いい心がけじゃないですか」

「マスターはどうなんですか？」

奈穂さんの質問は、笑ってごまかしました。

「食事は、もうとられたんですか？」

さりげなく話題を変えますと、「ちょっと飲んできたもんで」と照れくさそうでした。

「お相手は？」

「同窓会みたいなもんです」

「同窓会ですか。そういえば、私も先日ありました」

「へえー、マスターも？」

「ええ、この年になるとね、なにかと集まりの誘いが多くなるんです。不思議でしょ？　仕事を辞めて、みんなきっと暇なんでしょうね。学校の同窓会やら、会社時代の元同僚の集まりやら、いろいろと連絡がきます」

「行くんですか？」

「店がありますからね。なかなか出席できません」

「出席率はいいんですかね？」

「どうでしょう。もっとも、集まる人数は少ないはずですよ。同窓会であれば、元気なのはクラスの半分くらいですから」

「ああ、そうか……」

「誘いを断る際に、店をやっているのを理由に使うと、驚かれるんです。でも店の場所は絶対に教えない」

「どうしてですか？」

「そりゃあそうですよ。お客さんが、じいさんや、ばあさんばかりになったら、それこそジジババーになっちゃうでしょ」

「マスター、うまい」

奈穂さんが笑顔になりました。

「なにか軽いものでもおつくりしましょうか？」

「この時間から食べたら太るからなあ」

私がカウンターの奥に向かおうとすると、「ねえ、マスター、クラッカーにチーズをのせたやつ、できますかね？」と声がしました。

「承知しました」

私はこたえ、奈穂さんのリクエストに応えて、さっそく冷蔵庫に手を伸ばしました。つくり方は至って簡単です。クリームチーズに砕いたマカダミアナッツを加え、レモン汁で少し伸ばし、塩と胡椒をきかせ、クラッカーにのせます。見た目にも美しくなるよう、青みを加えれば、さわやかな酸味のある当店人気のメニューのできあがりです。

「おいしいですよね、これ」

奈穂さんは、つまんだクラッカーを眺めながらつぶやきました。

「ありがとうございます」

「この緑色のツブツブって、なんですか？」

「チャイブのみじん切りです」

「チャイブ？」

「ハーブの一種です。とても細い分葱《わけぎ》みたいなやつですね」

「へえ、でもこんなの、どこで売ってるんですか？」

「どうでしょう。ちなみにこれは、自宅の庭で育てたものです」

「そうなんだ、意外だな」

「意外とは？」

「だってマスターは、いつもこの店のカウンターの向こう側に居そうだから」

私は苦笑して言いました。「まあ、多くの時間をそうやって過ごしてきたのは事実です。でも私にも個人の時間くらいありますよ。家の庭では、お店で出すレモンやライムも育てているんですよ」

「へえー」

奈穂さんはうなずきました。「地元に『ピノッキオ』があってよかった。お酒を飲んでから、長いあいだ混んだ電車に揺られるのって、うんざりするから。ここはとても落ち着けるし」

「そう言っていただけると、ありがたいです」

「この店も、もっと宣伝すればたくさんお客が来ますよ」

そう言われましたが黙っていました。私はこの店にたくさんのお客様が来ることを強く望んではいません。今の自分がきちんとお相手できる数のお客様は、それほど多くないと自覚しています。正直、年には勝てません。腱鞘炎《けんしょうえん》にならないように注意をしています。ほとんど利益は出るか出ないかといったところですが、それでよいと思っています。

「マスターは、東京でバーテンダーをやってたんでしょ。なんでまた、この街で店を開いたんですか？」

「さて、どうしてですかね」

「ずっとバーテンダーだったんですよね？」

「いいえ、そういうわけでも」

「へぇー、じゃあ、途中でやめちゃったんだ」

「そういうことになりますね」

「それでまた、バーテンダーにもどったのは、どうしたわけで？」

「どうですかね、最後はバーテンダーで終わりたいと思ったからでしょうかね」

私はこたえました。

「たまには、マスターの話、聞きたいな」

「長くなりそうなので、今夜はやめておきます」

「ほら、そうやって、いつもうまく逃げるんだもんな」

奈穂さんがクラッカーをパリッといい音をさせてかじりました。

十一時を過ぎた頃、奈穂さんのため息が多くなり、三杯目のグラスを空けました。夜も遅くなり、そろそろ帰るようそれとなく促したところ、「おやすみなさい」をきちんと言って店をあとにしました。

もしかしたら先生を待っていたのかもしれません。

奈穂さんに指摘されたとおり、カウンターに立った私は、お客様にほとんど自分のことを語りません。職業的なポリシーというのとは別に、どこかで自分を閉ざしているからでしょう。そういう私を古いタイプのバーテンダーと揶揄《やゆ》する方もいるかと思います。それはそれで仕方のないことかもしれません。

バーテンダーでありながら若い頃は酒飲みが好きになれませんでした。自分は酒を売っているのに、その酒で酔っている人間をどこか冷めた目で見ていました。くだを巻いたり、酔いつぶれる客をみっともないと腹の底では軽蔑していました。今思えばバーテンダーという職業を選んだ者として、矛盾していたように思います。

二十代の半ばに紡績関連の会社を辞め、バーで働き始めました。たしか、ケネディ大統領が暗殺された年です。いわゆるオリンピック景気と呼ばれた時代で、東京の街も活気に満ちていました。サラリーマン全盛の時代に、夜学ながら大学を卒業した私がバーに勤め、やがてバーテンダーの道を選んだことについて、周囲の人間はだれもいい顔をしませんでした。

私自身、最初からバーテンダーの仕事に魅せられたわけではありません。どちらかといえば、サラリーマンという安定志向な生き方が性に合わなかっただけかもしれません。店では、見習い時代は賃金も安く、過酷な労働を強いられました。ホテルや街場のバーで修業をして、ようやくチーフ・バーテンダーとして店を任されるようになったのは、十年以上先のことです。独立を夢見たこともありましたが、すでに結婚し子供も授かり、決断するまでには至りませんでした。

そんなある日、同じ店で一緒に修業時代を過ごした後輩から連絡が入りました。

「人生の伴侶をようやく見つけました」

日野《ひの》靖男《やすお》の懐かしい声は弾んでいました。

靖男は婚約を知らせるために連絡をしてきたのでした。思わず昔のあだ名で呼びそうになったのですが、お互い四十を過ぎており、それはやめておきました。

「よかったな、靖男」

祝福すると、結婚式に必ず来るように頼まれました。

靖男は、秋に予定している式ではバーテンダーらしく、パーティ形式でカクテルを振る舞いたいと考えており、協力を約束しました。婚約した女性については、そのときは詳しく聞かなかったはずです。

当時、靖男はバーの聖地とも呼ばれる銀座の店を任されていました。自分よりも年下で不器用だった靖男の出世には、驚きと多少の羨望《せんぼう》を覚えました。けれど靖男はバーテンダーという職業に矜持《きょうじ》を抱く真面目な男で、年上の私に対していつも敬意を払ってくれていたため、妬みはしませんでした。靖男はある時期までは、私を兄のように慕ってくれていたのです。

しかし、秋が過ぎても、靖男から連絡はありませんでした。

十二月も押し迫った金曜日、その日は、早い時間から店は満席となりました。あいにくスタッフのひとりが風邪で休んでしまい、私もカウンターの奥で忙しく常連客の対応に追われました。ご来店いただいたお客様に対して、スタッフの数が足りないのは目に見えていました。

店の忙しさがピークを迎えた頃、右腕と言えるバーテンダーの坂井《さかい》が、私に近づき耳打ちをしました。お客様のひとりが、私を指名してカクテルを注文されたと言うのです。いつもでしたら喜んで引き受けるのですが、目の回るようなカウンターの攻防に、思わず顔を曇らせたのだと思います。

「私がおつくりしましょうか」

坂井が言うので、お客様のリクエストを尋ねると、注文はマルガリータとのことでした。私がつくるマルガリータは、オーソドックスなレシピを踏襲しており、特別なものではありません。不思議に思い、客の席を聞き出してなにげなく確認したところ、そこには見覚えのある男がいつの間にか座っていました。張り出した額、くぼんだ目、高くはないが鼻梁《びりょう》の長い鼻、レザージャケットの袖から突きだした細い腕が、棒きれのようにカウンターにのっていました。

「お知り合いですか？」

「ああ、彼ならだいじょうぶだ」

私は坂井にマルガリータを任せることにしました。坂井のほうが普段からよくつくっているし、私と同様か、それ以上の味に仕上げるとわかっていたからです。私はカウンターに歩み寄り、昔よりさらに華奢《きゃしゃ》になった靖男とひさしぶりに再会を果たしました。

「痩せたな」

声をかけると、「ええ、ずいぶんとダイエットしましたから」と靖男は笑いました。下手な冗談に決まっています。

靖男と言葉を交わしていると、坂井がマルガリータを運んできました。弟子の坂井を紹介したら、靖男は妙にうらやましそうな態度を見せました。それから馴染みの客に呼ばれた私は、その場を離れたのです。

店にはいろいろなお客様が訪れます。気心の知れた常連だけでなく、気むずかしいお客様も来れば、それこそ「帰ってくれ」と怒鳴りたくなるような非常識な輩も、ときにはやって来ます。それでも訪れる人は、お客様であることにちがいありません。たとえそれが後輩だったとしても、店ではお客様として迎えるのが、バーテンダーとしての務めのはずでした。

靖男は店の混雑を察知してくれた様子で、一杯だけ飲むと席を立ちました。

「すまないな、近いうちに連絡する」と私は言いました。

すると靖男は妙にかしこまって、「ありがとうございました」と深々とお辞儀をしたのでした。

グラスの酒はきれいに飲み干されていました。靖男は見覚えのあるステンカラーのコートの襟を立て、扉の向こうに消えていきました。

その後、靖男には連絡をしませんでした。日々の忙しさにかまけて、約束を忘れてしまったのです。そんなある日、バーテンダー仲間のひとりから靖男が失踪したことを聞きました。

そしてまもなく、靖男の死を知ったのです。

靖男は、真冬の四万十川《しまんとがわ》で水死体となって発見されました。沈下橋《ちんかばし》のたもとで発見された当時、一目でバーテンダーとわかる服装をしていたそうです。「白タキ」と呼ばれる白いダブルのバーコートに黒の蝶ネクタイ、タックの入ったスラックスには、きっちりと折り目が付いていたそうです。ポケットに銀座の店のマッチが入っていたため、すぐに身元が確認されました。

「どうやら、自殺らしいよ」

知り合いはぽつりと漏らしました。
婚外子として生まれた靖男は、幼い頃に母親を亡くし、たらい回しにされるように暮らす場所を変え、ようやくバーテンダーとして独り立ちしました。幼い頃に四国に住んだことがあると話していた記憶があります。彼が最後に訪れたその場所が、故郷と呼べる地であったのかは定かではありません。

靖男が突然店を訪れた夜、彼になにかが起こっていることに、私は気づいてやれませんでした。彼を注意深く観察すれば、察知することは可能だったはずです。靖男が注文したマルガリータには、特別な意味が込められていた気がします。考えてみれば靖男は普段あまり酒を好まず、カクテルも進んで飲んだりはしませんでした。あれは自分が恋人を失ったという、靖男なりの報告だったのでしょう。

靖男の任されていた店は一見繁盛しているように見えて、いろいろと複雑な問題を抱えていたようです。店の経営方針について、オーナーと従業員との間で衝突が絶えなかったとあとになって聞きました。その問題に対して、靖男は有効な手を打てずに、店でも徐々に孤立していったらしいのです。同じ頃、婚約者と別れた靖男は、さぞや孤独だったのではないかと思います。別れた女はかなりの酒好きで、あまりたちのよい女性ではなかったと噂で聞きましたが、靖男は惚れていたのです。捨てられたのは、どうやら靖男のほうだったようです。

靖男の死後、私は一度だけ彼が働いていた店をひとりで訪れました。六丁目にあるその店で、思いがけない光景を目にしました。店のバック・バーには客のキープしたボトルがずらりと並び、サラリーマン風の客の男が、水割りを片手に店の女とカラオケをデュエットしていました。もはやそこは、靖男がバーテンダーとして目指していたバーとは、まったくちがう場所でした。試しにマルガリータを頼んだところ、フルート・シャンパン・グラスにべったりと塩を糊のように塗ったマルガリータらしき飲み物が出てきました。私は口もつけずに店を出ました。

当時の私は、家庭も顧みず、任された店のことで精一杯でした。店の客の入りや、売上ばかり気にして日々を送っていました。サラリーマンが嫌で、バーテンダーの道へ進んだにもかかわらず、組織のなかの歯車になりかけていた気がします。

靖男の注文した最後の一杯を、なぜつくってやれなかったのか。自分に問いかける日々が続きました。自分はバーテンダーというよりも、人としての務めを怠ったのです。しかし結局は、靖男が囚《とら》われた絶望がどれほど深いものだったのか、そのときは知る由もありませんでした。

靖男の死を忘れかけた頃、不幸は私にも訪れました。海が大好きな娘が、旅行中のオーストラリアで、ダイビングの最中に事故に遭ったのです。連絡を受けた私は、妻と一緒に現地に飛んだのですが、残念ながら娘は命を落としました。妻は日本での葬儀を強く望みましたが、娘は生まれ故郷から遠く離れた異国の地で、荼毘《だび》に付されました。

長年家族とはすれちがいの生活をしてきましたから、娘との会話も日増しに少なくなっていたと思います。娘の誕生日を一緒に祝ったのは、小学生までだったと記憶しています。もちろんそれでも娘を愛していたし、いつも心のなかでは気にかけていました。娘と仲のよかった妻にしても、言葉では言い表せない絶望を味わったはずです。

私は悲しみを紛らわすために、日ごと深酒をするようになり、体調を崩し、しばらくして店を辞めました。妻は泣き続け、見る見るうちに老け込んでいきました。約一年間、私と妻は、ただ生きているにすぎませんでした。

「神様は、その人の乗り越えられない試練は与えない」

だれが言ったのか知りませんが、私たちにとって、それは試練といったものや、乗り越えるべきものではないような気がしました。経験というものは、人を豊かにさせると多くの人が説きますが、人生には遭遇しないですむなら、それに越したことはない経験も絶対にあるはずです。

その後、知り合いから店を手伝ってほしいと何度かお誘いをいただきましたが、丁重に断りました。生きていくためにバーテンダーとは別の職につく決断をしました。妻は精神的に不安定になっていき、なるべく傍《そば》にいてやろうと考え、地元の一般企業に職を求めました。自分はもう二度とカウンターに立つことはない。そう思っていました。

その後、六十歳までサラリーマンとして勤め上げました。その間に、どこかのバーを訪れることは一度もありませんでした。同じように娘を奪った海へ足を運ぶこともしていません。妻は、悲しみを忘れるためだったのか、五十代で認知症を患い、六十過ぎでこの世を去りました。

会社を退職後、時間ができた私は、ひとりで四国を訪れ霊場を巡りました。妻と娘、そして遅ればせながら靖男の供養になればと思い立ったのです。その際、四万十川の上流に立ち寄り、靖男のために花を手向《たむ》けました。だれもいない川原にひとり佇《たたず》み、清流の音に耳を澄ましていると、若かりし頃の靖男との思い出が脳裏によみがえってきました。

店が閉まったあと、明け方までカクテルをつくる練習をよく一緒にやりました。思えば靖男にマルガリータのつくり方を教えたのは、先輩であった私です。不器用にレモンで湿らせたグラスの縁をまわしながら、塩を付けていく靖男の真剣な横顔が目に浮かびました。均等に塩を付けることのできない靖男に、私は何度もやり直しを命じました。彼は弱音を吐かずに、美しいスノー・スタイルのグラスで、マルガリータをつくれるようになっていきました。

店を退ければ、四畳半のかび臭い靖男の部屋で、お互いの夢を語り合ったこともあります。

靖男は小さくてもいいから、いつか故郷に自分の店を持ちたいと話していました。その店では自分のやり方を試したいと夢見ていたようです。靖男は欧米のバーテンダーの話を好んで口にしていました。向こうでは、バーテンダーはカクテルなどの酒を客のためにつくるだけでなく、客のよき話し相手になり、ときには神父のように告白を聞く役割さえ果たすのだと、熱く語っていました。

そして七年前、私は店を開くことにしました。カウンターに八席だけの小さなバーです。場所は、私が家族と暮らした街。店の名前は、以前から決めていました。修業時代、背が低く、棒きれのように痩せていて、張り出した額、くぼんだ目、高くはないが鼻梁の長い鼻をしている靖男がつけられた、あだ名からもらったのです。

お客様も退けましたので、閉店時間の前ですが、今夜は少し早く店を閉めることにしましょう。使ったグラス、食器類をすべて洗い、丁寧に磨き終えたら、酒類や食料品の在庫チェックをし、ようやく椅子に腰をかけ煙草に火をつけます。煙草を一本吸い終えるまで、ぼんやり過ごし、一日で一番心が安らぐ時間を迎えます。

自分のための酒を一杯だけ愛用のグラスにつくり、修業時代に閉店後の店でやったように銀色のシェーカーを手にします。だれもいない店でシェーカーを振ると、なぜだか神聖な気分になるものです。いつもつくるのは、カクテルのマルガリータ。私にとってのマルガリータである娘と妻、そして靖男に捧げます。今や欠かせない一日の終わりの儀式のようなものです。

つくったマルガリータは、カウンターに置き、それを眺めながら酒を飲みます。静けさに包まれた店で、お気に入りのシングルモルトを口に含めば、口のなかに潮風が吹き、過ぎ去った日々が昨日のことのように思い浮かびます。それらの思い出のひとつひとつが結びつき、一本の線となって今の自分につながるのです。

穏やかな至福のときです。

恋人を亡くしたバーテンダーが考え出した、塩でスノー・スタイルにした涼やかな真珠色のカクテル。それはもしかしたら、溢れるほどに流された、涙を表現したのではなかったかと、私は思っています。

今日も、バー・ピノッキオの夜は静かに更けていきます。

小説家の最高の日

最終電車だったのだろう。駅の改札口を出たのは午前零時をまわっていた。

霧のように細かい雨が降っていた。寒くはなかったが、両手で自分の肩を抱くようにして歩いた。

酔っていた。

酒を飲んでエンジンがかかるとか、陽気になるとか、そういう次元ではなかった。まっすぐに歩けず、車道と歩道のわずかな段差につまずき、「オットットット」と声に出す。馬鹿をやっている場合ではない。それはわかっていた。もう半年以上、まともな収入がなかった。どこをどう歩いたのかわからない。歩道の脇に、地下に降りる入り口を偶然見つけた。のぞき込むと明かりは見えず、階段は途中から暗く沈んでいる。「奈落」という言葉がなぜか頭に浮かんだ。

「あるいは墓穴か？」

口に出してみた。

愛想を尽かした妻が家を出て行くときに言った。「あなたはそうやって自分勝手に道を選んでいるけど、いつか落とし穴にはまることになる」

——この穴か？

「へっ」と笑ったとき、靴底を滑らせた。


気がつくと、床の上にころがっていた。

——いったい、ここはどこなんだ？

薄暗い部屋のなかに視線を這《は》わせた。目の前に脚の長い椅子が並んでいた。椅子の前には高いテーブルがあり、その向こう側は自分の位置からだと見えない。背後には壁が迫っている。

しばらくすると人の気配がして、コツコツと乾いた靴音が近づいてきた。とっさに両手で頭を抱え込み、目を瞑り、からだをまるめた。石の裏に隠れていたダンゴムシが身を守ろうとするように。

足音が止まった数秒後、まぶたを薄く開けると、白で統一された男が見下ろしていた。ズボンやシャツや上着だけでなく、頭髪まで白かった。ここはあの世への入り口だろうか。それとも、もう着いてしまったのか。ぼんやり考えていたら、声が降ってきた。

「ご気分はいかがですか？」

穏やかな低い声だった。

「立てますかな？」と問われ、「ここはどこです？」と尋ね返した。

男はふっと笑い、「バーデスヨ」と言った。

——？

言葉の意味がわからなかった。あるいは天国の言葉だろうか？「もうなにもかも終わりだ」という意味のようにもとれた。

男が動き、靴音が遠のいていった。上体をゆっくり起こしたら、そこだけ浮かび上がるように柔らかな明かりに包まれた場所があった。高いテーブルの向こう側にさっきの男がいた。光のなかに、細長い脚のグラスがひとつだけ飾るように置かれていた。なにかの儀式の途中のように。

男は両手をハの字に開くようにしてテーブルにつき、こちらを見ていた。男の背後には天井の高さまで棚があり、酒瓶がびっしりと並んでいた。すべての酒瓶は定規で測ったように等間隔に並び、ラベルがきちんとこちらを向いていた。カクテル・グラスが置かれているのはテーブルではなく、カウンターであることがわかった。なるほど、ここはバーであり、男はバーテンダーであるらしかった。

「どうしてまた、私がここに？」

自然と言葉が口を衝《つ》いた。

白いタキシード姿の老いたバーテンダーは、しばらく私を見つめたあとで口を開いた。

「閉店後の後片付けをすませて、家に帰る前の一杯をやっているときのことでした。ドアの向こうで騒々しい音がしたんです。落とし穴にイノシシが落ちたようでした。すぐに静かになったんですが、不審に思って近くまで行ったところ、呻《うめ》くような声がしました。最初は放っておこうと思ったんです。厳密に言えば、店の外で起こったことですからね。ですが、そんな状況で酒を飲むというのも、あまり気持ちのいいものではありませんよね。様子をうかがおうとして、ドアを開けようとしたんです。でも開かなかった。なぜなら、ドアと壁のあいだに、だれかが挟まっていたから」

「つまり、私が倒れていたと？」

立ち上がろうとしたとき、左の脇腹が痛み、思わず顔をしかめた。

「そういうことです。声をかけたのですが返事はありませんでした。しかたなく少しだけ開いたドアの隙間から、床掃除に使うモップの柄をのばしました。すると反応がありました。おそらく寝返りでも打ったのでしょう。ようやくドアが開いて、暗がりに人がうずくまっていました。『どうしました？』と声をかけると、『だいじょうぶ、おれは死んだりしない』と言われました」

「なるほど、どうりで脇腹が痛いわけだ」

「でしょうね。階段の上から落ちれば、たいがいは痛みを伴うものです。下手をしたら、命にかかわる。なにか必要なことはないか尋ねると、妙なものを頼まれました」

「妙なもの？」

私は客のいない椅子の前に置かれたグラスを見つめて言った。「酒、ですか？」

「いえ、ちがいます」

バーテンダーは少し慌てた様子で、出ていたグラスを下げた。

「よろしければ、こちらへどうぞ」

カウンターをすばやく拭くと言った。「ただし、この椅子に腰かけますと、あなたは当店のお客様と見なされ、チャージ料が発生します。もちろん、簡単なおつまみと温かいおしぼり付きですが」

バーテンダーの口調は、本気とも冗談ともとれた。どこかつかみどころのない人物だった。かといってたちの悪い男には見えない。

「ここは、ぼったくりの店じゃないですよね？」

「おそらく、ぼったくりの店の店主が、『はい、そうです』とはこたえないでしょうが、私も否定します。当店はいわゆるショット・バーですから、席料以外は、一杯いくらとなります」

　私はうなずいてから立ち上がり、カウンターの椅子にたどりついた。よじのぼるようにして腰を落ち着かせると、湯気の昇っているおしぼりとコースターが前に置かれた。

「ようこそ、バー・ピノッキオへ」とバーテンダーは言った。

「ピノキオ？」

「いえ、ピノッキオです」

「それで、私はなにを頼んだんです？」

　おしぼりで顔を拭き、話をもどした。

「――塩です」

「塩？　なんでまた？」

　思わず訊いた。

「私も同じ疑問を抱きました。それと同時に、後悔したんです。酔っ払いにかかわりあうのは、いつでもまちがいのもとですからね」

　バーテンダーは言った。

　どこかで聞いたせりふだった。好きな小説に出てくる私立探偵の言葉だ。私は笑おうとして、脇腹を押さえた。

「まったく覚えてませんか？」

「わからない」

首を横にふった。

「そうですか。あなたは何度も塩を催促しました。だからしかたなく、持ってきました。普通の塩ではなく、カクテルに使う塩ですけどね。すると今度はその高価な塩を自分にかけるよう、私に命じたのです」

「え？」

「『さっさと、塩をかけろ』そう怒鳴りました。まるで自分のかみさんにでも言いつけるようにね。それでようやくわかったんです。あなたが、どなたかのお葬式の帰りだということがね。よく見れば、黒いスーツを着ていらっしゃる」

「葬式？」

「そうではありませんか？」

バーテンダーは目を見開くようにした。

私は自分のかっこうを調べた。カウンターの向こうに立つバーテンダーとは対照的に、黒の上下だった。たしかに礼服を着ている。上着のポケットをさぐると、黒のネクタイが出てきた。ズボンのポケットには財布と鍵があった。

「荷物がない」

私がつぶやくと、「お持ちではなかったようですよ」と言われた。たしか葬儀場を出るときに小さな手提げ袋を受け取った。どうやら電車の網棚にでも置いてきたらしい。

――そうだ、あいつが死んだんだ。

こぼした酒がテーブルにゆっくり広がるように、記憶がよみがえってきた。


「じゃあ、『ピノッキオ』に最初に来たときは、泥酔してたわけですか？」

隣の席に座った奈穂さんが呆れた。

「まあ、そういうことになるね」

カウンターに肘をつき、顎鬚をつまむようにして私は認めた。ひさしぶりに店を訪れたのは午後八時過ぎ。喉が渇いていたから、一杯目はラフロイグのハイボールにした。この店で覚えた酒のひとつだ。

「わたしの場合は雨宿りで店に入ったのが最初じゃないですか。この店と客との縁は、人それぞれなんですね。それにしても先生はひどい。マスターはさぞや迷惑だったでしょうね」

奈穂さんはカクテルのグラスに薄い唇を近づけた。愛飲していたシンガポール・スリングではなかった。

「たしかにね、困った客だ。閉店後だっていうのに、マスターもどうかしてるよ。まあ、だからこうして今も、この店にせっせと通ってる」

「なるほど。先生だけでなく、マスターも少しおかしいと」

奈穂さんはクスリと笑った。

今夜のピノッキオには、客は三人。カウンターの反対側に座った松本君は、だれかを待っているのか、話に加わらずひとり静かに飲んでいた。ときおり、グラスを磨くマスターに話しかけている。

「どなたのお葬式だったんですか？」

「え？」

「ほら、初めてここに来た夜のことですよ。お葬式の帰りだったんでしょ」

「ああ、その話ね」

うなずきながら、躊躇《ちゅうちょ》していた。この話を続けるべきか、それとも別の話題に移るべきか。

十二歳年下の奈穂さんは、質問の好きな女性である。少し前には、私の職業を知りたがった。あまり人に明かせないのだけれど、じつは探偵事務所で働いているとこたえたら、真に受けてしまった。質問攻めに遭い、最後には嘘だとばれた。

それから、「先生は、なぜ先生と呼ばれるのか」と訊かれた。私は「この店のなかでしか、自分は先生とは呼ばれない」と言った。彼女は納得したのかしないのか、「ふうん」と首を揺らした。

さらに奈穂さんは会うたびに、私の人生の最高の日について聞きたがる。それは以前、奈穂さんが元恋人に会う際に、私が入れ知恵をしたせいだ。男の正体を知りたいのであれば、彼の人生における最高の日を聞き出してみるといい、と私は言ったのだ。そのこたえによって、彼がどのような価値観を持っているかわかるだろう、と。

奈穂さんが自分のような中年男に興味を持ってくれているのであれば、それはそれでありがたい。でも自分のことを語るのは、なんとも面映《おもは》ゆかった。

「死んだのは、古い友人」

私はそうこたえた。「学生時代からの付き合いだった。同じ年齢の人間が死ぬと身につまされる。死ぬのは友人ではなくて、自分だったとしてもなんら不思議じゃない。あらためて、そういうことに気づかされる」

「あ、そういうの、わかる。同級生とか亡くなったら、すごくショックだと思う」

「だよね。ある意味でわかりやすい」

「どうして亡くなったんですか？」

私が死因をこたえると、奈穂さんは「そうですか」と声を落とした。

「桜木という男はね」

と私は続けた。「ある意味では、数奇な生涯だったと言えるかもしれない」

「亡くなったのは、桜木さんという方なんですね？」

「そう、桜木修介」

「でもどうしてそんなことに？」

私は顎鬚をさすってから話しはじめた。

「彼は亡くなる三年ほど前に、私の友人でもあった富永《とみなが》という男に乞《こ》われて、彼の父親が経営する会社に転職したんだ。三十を過ぎた頃にね。桜木と富永は、同じ大学の文学部卒。お互いに小説家を目指していた学生時代から仲がよかった。なぜ桜木が富永の会社に雇われたかといえば、当時役員だった富永は、父親の事業を受け継ぐ準備段階にあり、社内に信頼の置ける相談役を求めていた。旧知の友である桜木は、その役にぴったりとはまって、富永の片腕となったというわけさ。桜木は新参者だったけれど、会社では重用された。そこまではお互いハッピーだったようだ。

ただね、富永には、桜木に関してひとつだけ不満があった。それは桜木の人付き合いの悪さだ。美食家で酒好きの富永が飲みに行こうと誘っても、桜木は多くの場合、なにかと理由をつけて断ったらしい。よほどの恐妻家かと富永は呆れていたが、そうじゃなかった。じつは桜木には、富永に隠してることがあったんだ」

「隠してること？」

「そう。なんだと思う？」

小さな気泡が無数に昇るグラスを握って尋ねた。

「友だちに隠さなくちゃいけないこと？」

「まあ、友だちでもあるけれど、上司でもあるわけだ」

「たとえば、自分の犯罪歴とか？」

「へえ、そっちにいくんだ。奈穂さん、もしかして小説ではミステリー好き？」

「まあ、そうですね。読む本だとたいていの場合、早めに人が死にます」

「やっぱり。――残念だけどハズレ」

「じゃあなんだろう。人に見せたくない性癖とか？」

私はそのこたえに頬をゆるめた。「たとえば？」

「ほら、お酒を飲むと服を脱ぎだす人とかいるじゃないですか」

黙って首を横にふった。

「えー、なんですか？」

「夜な夜な自分の羽で機《はた》を織ってたわけじゃない。——桜木はね、じつは小説を書いてたん
「へぇー、ってことは、学生時代から書き続けていたんだ」

「そう。言ってみれば、夢を捨て切れなかったんだろうね」

「でもそれって隠すようなことなのかな？」

奈穂さんは額に手をやって唇をとがらせた。「働きながら夢を追うなんて、素敵じゃないですか」

「桜木は社会に出てすでに十年以上たっていた。結婚もしていたし、会社ではそれなりのポストにも就いていた。たぶんそんなこと、言い出せなかったんだろうね」

「本気だったんだ」

「桜木は時間を見つけては、人知れず小説を書き続けていた。それは彼にとって寝る前に歯を磨くのと同じような習慣みたいなものだった。ただ、文芸雑誌の文学賞に何度か作品を応募したけど、最終選考に残ったことすらなかった」

「現実は厳しいですよね」

「そういうこと。でもね、そんな桜木にチャンスが訪れたんだ」

グラスを指先で弾き、私は続けた。「その年、桜木が書いた短編小説が、ある地方自治体の主催する公募文学賞の最終選考に初めて残った。彼は興奮して、そのことを妻に話した。妻は自分の夫が小説を書いていたことなど知らなかったからひどく驚いた。よっぽどうれしかったんだろうね。桜木は妻だけでなく、会社の同僚のひとりに漏らしてしまったんだ」

「いいじゃないですか、おめでたいんだから」

「かもしれない。やがてその話は、社長に就任した富永の耳にも届いた」

「それで？」

「そう、話はそこで終わらなかった。最終選考の結果、桜木の小説は大賞を逃したものの佳作に選ばれたんだ」

「やるじゃん、桜木さん」

「にわかに桜木の周辺は慌ただしくなった。佳作にもかかわらず、大手の出版社の編集者から連絡が入り、桜木の作品を本にしたいという申し出があった。ただ、受賞作品は原稿用紙八十枚程度の短編だったため、本にするとなれば枚数が足りない。桜木は編集者からすぐ次作に取りかかるよう求められた。彼にとって夢のような話だった。是が非でも自分の作品を本というかたちにしたかった桜木は、以前にも増して小説の執筆に勤《いそ》しんだ。そのための時間を確保するために、あらゆる手段を講じた。平日はなるべく早く退社し、まっすぐ自宅に帰った。休日は朝から晩まで書斎にこもった。残業で遅くなるときは自腹を切って会社近くのカプセルホテルに泊まり、持ち込んだパソコンで原稿に向かった。会社の付き合いには、ほとんど顔を出さなくなった。

ある朝、会社に出勤した桜木は社長室に呼び出された。文学賞の佳作を受賞したことについて、富永は祝福してくれた。安堵した桜木は、求められるままに、自分の目下の状況を正直に話した。富永は、桜木が今も小説を書き続け、その原稿が認められれば一冊の本になることを確認したというわけさ」

私は言葉を切り、ハイボールで喉を潤した。

「そっか、富永さんとしては複雑なわけだ。自分も以前は同じ夢を抱いていたから。それに会社のこともあるわけだし」

「そういうことだろうね。その日、富永は話が終わってから、『飲みに行こう』とは誘わなかった。代わりにこう告げたんだ。『これからも小説を書くのであれば、会社は辞めてくれ。残りたければ、書くのはやめろ』とね。桜木は目の前が真っ暗になった。かつては共に小説家を目指した友が、今はその夢を否定しようとする。どこかでまちがいを犯したことに彼は気づいた。二人の立場は、今はまったくちがってしまった。自分の夢に賭《か》けるのか、それとも今の暮らしを守るため組織に服従するのか、桜木は悩んだ」

「それって……」

奈穂さんが眉間《みけん》にしわを寄せた。「おかしくないですか？」

「おかしくない」

私はきっぱりと言った。

「だって夢だったわけでしょ？」

「桜木にとってはね。富永にとっては、自分が断ち切った夢なんだ」

「どうして友だちのくせにそんなこと言えるわけ？」

それについてはこたえずにグラスを傾けた。

「その日、桜木が落ち込んで家に帰ったら、妻が笑顔で迎えてくれた。夕飯の食卓はいつになく品数が多く、豪勢な料理が並んだ。不思議に思って尋ねると、『できたみたい』と妻がうれしそうに言った。喜びよりも驚きが勝った。長年子供ができず、妻は悩んでいた。桜木は我に返った。あたりまえのことだが自分はもう学生ではなく、ひとりでもないことを強く自覚した。しかし富永との関係はその後急速に冷え込み、桜木は社内で完全に孤立した。昨日まで普通に話していた同僚がひと言も口をきかなくなった。こちらから声をかけても、まるで自分が透明人間になったように無視された。ひと月前には考えもしない事態に追い込まれてしまった。最早《もはや》あともどりできない状勢だと悟った。

彼は小説をずっと書き続けてきたし、書くことがなによりも好きだった。それを奪われるのは、自分が自分でなくなることと等しかった。結局、桜木は会社に辞表を提出した。妻には、辞表を出す前になぜ自分に相談してくれなかったのかとなじられた。しかしもう賽《さい》は投げられた。あともどりはできない。出版社に電話をかけ、会社を辞めて執筆に専念しますと連絡した。担当の編集者は驚きを隠さなかった」

「どうして?」

「文学新人賞をとった人間に、編集者はまず言うそうだよ。『会社を絶対に辞めないでください』とね。新人賞を受賞したくらいで食っていけるほど、甘くはない。桜木は佳作だったわけだし」

「そっか……」

「今、この国で小説家として暮らしている人が、どれくらいいると思う?」

「小説家人口ってことですよね」

奈穂さんは首をかしげた。

「正確な数字はわからない。なぜなら小説家は個人であり、特定の組織に所属しているわけではないからね。把握のしようがない。それに一冊でも本を出せば、それこそ自分は小説家だと名乗ることだってできる。ある大手出版社の文芸編集部では、各編集者に小説家の担当が振り分けられている。その数は約千人だとか。ただ実際に執筆活動をしているのは、その半分くらいらしい。仮に約五百人の現役小説家がいるとして、そのなかで小説を書くことだけで生計を立てている人が、何人いると思う？」

「うーん、どうなんだろう」

「それもまたわからないよね。でも、そういうことなんだよ。小説を書くことだけで暮らせる人は、とてもわずかだってこと。それだけはたしかだ。桜木は自分が扉を叩いたのが、そういう世界だと自覚してなかったんじゃないかな」

「そうかもしれないけど……」

奈穂さんはため息をついた。

「けど、なに？」

「そんなことは、どうでもよかったんじゃない」

「どうでもいい？」

「そう。どうしても、自分の本を出したかったんですよ」

私はハイボールを飲んだ。もっと濃い酒が欲しくなった。

「それで、本はどうなったんです？」

「桜木は仕事を辞めていつでも書ける状況になった。でも不思議なもので、環境が整ったのに、以前のように書けなくなった。少なからず精神的なダメージを負っていたんだ。会社を辞める際、富永に『裏切り者によい思いはさせない』と恫喝されてもいた。それでもなんとか作品を書き上げ、担当の編集者に送ったものの、色好《いろよ》い返事はもらえなかった。結局、彼の本の出版はお蔵入りになった。本は出なかった」

「そんな……」

「桜木は友人を失い、仕事を失い、チャンスを失った。ときを同じくして、奥さんのお腹の子供は流れてしまった。仕事もせず、ものにならない小説ばかり書いていたから、将来のために蓄えていた金もやがて底をついた。体調がもどった奥さんは、気丈にもすぐに働きに出たが、やがてなぜ自分ばかりがあくせく働かなくてはならないのか疑問に思うようになった。気づいたときには、桜木はなにもかも失っていた」

「なんだか、悲しいな」

奈穂さんはつぶやいた。

「やめようか？」

「もう少しだけ聞く」

傾けたグラスの氷が乾いた音を立てた。

「奥さんが家から出て行って、彼はようやく決意した。このままでは終われない、そう思った。そして四本の短編を書き上げ、受賞した作品と一緒に出版社に持ち込んだ。しかし、うまくいかなかった。一冊の本を出すことの難しさを痛感した。

そしてここが駄目ならあきらめようと訪ねた小さな出版社で、ある編集者と出会った。その編集者は、桜木が受賞した作品を偶然にも読んでいたんだ。編集者は出版を約束してくれたものの、提示された本の出版に関する条件は厳しい内容だった。それでも本になるならと、桜木は自分の原稿をその編集者に託し、それから半年後に彼の本が出版された」

「出たんだ、よかったじゃないですか」

「そう思う？」

「もちろん」

「でもね、残念ながら彼の本は売れなかった。まったく話題にならず、初版で終わった」

私は小さく笑った。

奈穂さんは、ドライすぎるマティーニを飲んだときのような顔をした。

「生前、桜木は言ってたよ。自分の本が発売になる日に何軒も書店をはしごしたってね。本を出したのが小さい出版社だったから、発行部数も少なかったし、書店に配本される部数もたかがしれてる。だから地元の店には置いてなくて、わざわざ都心まで電車で出かけた。自分の書いた原稿が本になって書店に並んでいるのを初めて目にしたとき、彼はもうこれで死んでもいい、そう思ったそうだ。

──彼が書店で自分の本を見つけた日、それが彼にとっての人生で最高の日だったんだろうね」

「桜木さんの人生で最高の日？」

「そう。──そうだった」

私はグラスを持ち上げて、マスターにオン・ザ・ロックを頼んだ。

マスターはいつものように目だけでうなずいた。

「桜木さんが書いたその本って、まだ本屋さんに売ってますかね？」

「もうずいぶんと昔の話だからね。探すのは至難の業だろうね」

「古本屋さんなら、あるかな？」

「さあどうだろう。でもどうして？」

「読んでみたい。だって、その人が人生を賭けて書いた本なわけでしょ」

「ある意味ではね」

「先生はその本を読んだの？」

「読んださ。何度も何度も読み返したよ」

「へえ、わたしも読んでみたいな、なんていう本？」

マスターが前に立ち、水晶のように見事にまるい氷を使ったオン・ザ・ロックを私の前に差し出した。

「『過ぎた日は、いつも同じ昨日』」

と私は口ずさんだ。

するとマスターが目を合わせ、「その言葉、聞き覚えがありますね」とつぶやいた。

「え、ご存じなんですか、その本？」

奈穂さんが首をのばした。

「――そうだ、たしか本のタイトルだとか……」

マスターは首をひねってから言った。「その本を書いた方を、先生はご存じなんですか？」

私が口ごもると、「死んじゃったんですって」と奈穂さんが代わりにこたえた。

店のドアが開き、紺のスーツ姿の客が入ってきた。「こんばんは」と言ったその男の顔には見覚えがあった。駅前の不動産屋の営業マンだ。以前、マンションを売却する際に世話になった。口の達者な男だが、頼りになった。「よっ」と手を挙げ、男は松本君の隣の席に座った。どうやら二人は知り合いのようだ。

不動産屋の営業マンは、こんもりとした松本君の背中をなれなれしく叩き、いかにも軽い調子でマスターにコロナビールを注文した。それからこっちを向き、「あっ」という顔をして、軽く頭を下げた。どうやら私の顔を覚えていたらしい。

「先生の知り合い？」

「いや、まあね」

「あの人、松本君の高校時代の同級生らしくて、最近ちょくちょく顔を出すんですよね」

「そうなんだ」

「どちらかと言えば、苦手なタイプかな」

奈穂さんは声を低くした。

「へえー」

私が様子をうかがおうとしたとき、営業マンがスツールから降りてこちらに近づいてきた。

「どうも、富士見不動産の宮下です。朽木《くつき》さん、でしたよね」

「ええ、そうです。その節はお世話になりました」

私は軽く頭を下げた。

「よかったですよね、いい時期に売り抜けて。今も似たような物件を抱えてるんですけど、なかなか買い手がつかなくて苦労してます」

「ああ、そうなんですか」

相槌《あいづち》を打ってみせると、席にもどっていった。

「先生、あの人になにか頼んだんですか？」

「うん。以前マンションを売却してもらった」

「えー、すごい。マンション持ってたんだ」

「すべては過去形だよ。ローンが残ってたし、手放すしかなかった」

「あ、そういうことか」

「まあ、人生いろいろとあるもんだよ。退屈しない程度にね」

「先生もまだまだこれからですよ」

「そう願いたいね」

「でもわたし、悪くないと思うけどな、桜木さんのような生き方」

「考えてみりゃあ、哀れな男だよね。一冊の本のために、多くのものを失ったわけだから」

「そうかな、幸せじゃないかな」

「そう思う？」

「だって桜木さんは本を出したからこそ、自分の人生で最高の日を迎えたわけでしょ。その特別な体験はいつまでも残るじゃないですか」

　私はこたえずに、ロック・グラスを握りしめ、思い出していた。初めてこの店を訪れた、あの夜のことを――。

「――どなたのお葬式かは存じませんが、お気の毒でしたね」

老いたバーテンダーは静かに言った。

酔っ払って店の階段を滑り落ちた私を介抱し、あくまで客として扱おうとするその姿勢は、感服する以前に奇妙にすら映った。年を経るとできるものなのだろうか。そうではなくて、そこに至るなにかしらの経緯があるような気がした。

「どうやら飲みすぎたようです」

私は状況を呑み込むにつれ、自分が恥ずかしくなった。

「その点はご心配ありません。商売がら、慣れてますから」

バーテンダーは唇の端で笑った。

私はこぢんまりとした店を見まわした。もともと酒にこだわりなどないたちだが、この手の店に来るのは初めてで、勝手がよくわからなかった。

「もう閉店なんですよね」

おそるおそる尋ねた。

「なにかお召し上がりになりますか?」

そう言ってくれたので、まずは水をお願いした。

バーテンダーの所作を眺めながら、最初に説明を受けたときの、彼の言葉を思い出した。私が階段から滑り落ちたとき、彼は仕事を終えて家に帰る前の一杯の最中だったと話した。せっかくの安息の時間を自分が邪魔したことはまちがいなさそうだ。

お詫《わ》びの気持ちを込めて「よろしければ、あなたも飲んでください」と勧めてみた。

返事はなかった。

水の入ったタンブラーが私の前に置かれた。それをひと息に飲み干すと、すぐにおかわりが出てきた。

「少しは落ち着きましたかな？」

「ええ、おかげさまで」

「お怪我《けが》のほうは？」

「痛みますが、たいしたことはなさそうです」

「それはよかった」

バーテンダーはまるく削った氷を入れたロック・グラスを手にしていた。氷の大きさは子供のげんこつくらいで、グラスにちょうど収まるサイズだった。そこへ少量の水を注ぎ、柄の長いスプーンを使って、くるくると氷をかき回しはじめた。不思議に思って眺めていると、手を止めて、グラスのなかの水を取り除いた。角が取れた見事なまでにまるい氷ができあがった。

　次に棚から迷うことなく一本のボトルを選び出した。栓を抜くとき、「きゅっ」とコルクが鳴いた。グラスのなかのまるい氷の上に琥珀色が注がれ、およそ氷の二分の一が浸された。再び柄の長いスプーンを巧みに操って氷を回すようにした。バーテンダーの一連の動きには無駄がなく、なるほどプロがつくるオン・ザ・ロックとは、こういうものかと感心した。

「それではお言葉に甘えて、ご馳走になります」

　バーテンダーはグラスを目線の位置まで持ち上げた。

　釣られて、自分も水の入ったタンブラーを手にした。

　彼がそうしてくれたことで、私は救われた気がした。バーテンダーはなにも言わず、カウンターの向こう側に、ただ佇んでいた。音楽もない静かな店内で、人が動くときにだけ音がした。床がきしみ、氷がグラスに触れ、息づかいがした。心地よい静寂だった。

　自然と私は話しはじめた。夢を追い続け、最後にはなにもかも失ってしまった男の話を。

　初対面のバーテンダーを相手に、なぜそんな話を持ち出したのか、自分でもよくわからない。もしかしたらまだ酔っていたのかもしれない。あるいはだれかと話すことで、少しでも気持ちを軽くさせたかったのかもしれない。バーテンダーは最後まで口を挟まずに聞いてくれた。

「哀れな男ですよね」

　話し終え、そんな言葉を口にした。

「あなたも一杯いかがですか？」

　バーテンダーが言った。

「じゃあ、同じものをいただけますか」

　私の言葉に、目だけでうなずき返した。

　さっきとまったく同じ手順で彼は酒をつくった。最初にグラスのなかで氷を洗うようにするのはなぜか尋ねてみた。常温の酒をいきなり注ぐと氷にひびが入るからだとこたえた。それに水で氷を磨いて、まるくするためだと手を休めずに教えてくれた。

　鮮やかな手つきで酒と氷をなじませてから、深緑色のコースターの上にロック・グラスを置き、私の前に押し出すようにした。

　冷えたグラスをつかみ鼻の下にもっていくと、独特な香りがした。なにかを燻《いぶ》したようなにおいだった。

「この酒は？」

「少々クセのあるアイリッシュ・ウイスキーになります」

　バーテンダーは銘柄を口にしたが、聞いたことがなかった。小さな島の海岸にある、古い蒸留所でつくられる酒だと付け加えた。

私はグラスを慎重に傾け、琥珀色を舌の上にのせた。

「いかがですか？」

どう表現していいものかわからず、「とても個性的ですね」とこたえたら、バーテンダーは口元に笑みを添えて二度うなずいた。

正直うまいとは思わなかった。これまで飲んだウイスキーとはずいぶん異なる味だった。人を饒舌にさせるのではなく、寡黙にさせる味かもしれない。でもしばらくすると、なぜかグラスに手を伸ばしたくなる。そんな不思議な後味だった。

「おつまみにどうぞ」

銀色のリーフをかたどった小皿に、小指の大きさくらいのチョコレートが数本載っていた。

「これは？」

「夏みかんのピールショコラです。夏みかんは、ウチの庭の木に生《な》ったもので、もちろん無農薬です。その皮を剝いてあく抜きしたものを、砂糖とラム酒で煮て、溶かしたチョコレートに落とし、冷やしたものになります」

「手づくりですか。それは大変だ」

「いえ、たいしたことではありません。手間さえ惜しまなければ、たいていのことはなんとかなるものです。順を追って、ひとつずつ片づけていきさえすれば、いいわけですから」

バーテンダーは真顔で言った。

ひとつつまんで齧ってみた。チョコの甘さと苦みにピールの甘酸っぱさが重なり、スモーキーな酒によく合った。

「ときどき、この酒をひとりで飲むんです」

バーテンダーの声が聞こえた。「そうしますとね、いつも同じ場所に連れていってくれます。それは遠い記憶の海です。私はもう七十に手が届くんですが、独り者ですし、海に行こうとは思いません。でもあの海は別なんです。それはいつも同じ時刻、同じ場所の海です。その話をしてもよろしいですかね」

私はうなずき、グラスを傾けながら、聞かせてもらうことにした。海霧にまかれるように、ゆっくりと酔いがもどってきた。

「その海を訪れたのは、私も妻も若かった時分です。ひとり娘はまだ幼稚園に通っていました。八月に入ってからのことです。土用波が来る前にと、家族で初めて海水浴に出かけました。その日は夜勤明けでしたが、少々無理をしました。今じゃ夏に海へ行く人の数が減ったと聞きますが、あの日、海水浴場へ着くとびっしりとパラソルの花が咲いてました。私たちは混雑しているビーチを避け、人の少ない岩場のほうへ向かいました。せっかくの休日ですから、静かなところでのんびりしたかったわけです。

天気もよく、絶好の海水浴日和でした。まずは磯遊びをすることにして、陸にできた潮だまりでカニやヤドカリをつかまえました。潮が引いていたせいか、岩場にはところどころ打ち上げられた海藻の山があり、強い磯の香りを放っていました。

娘が磯遊びに飽きると、少し先の小さな入り江のような場所まで三人で足をのばしました。人影はなく、まるで私たち家族のためのプライベートビーチのようでした。娘が泳ぎたいと言いだしたので、新品の浮き輪に空気を入れました。ちょっと変わったつくりで、浮き輪の内側にビニールが張ってあり、両足を入れる穴がふたつ開いていました。浮き輪から手を離してもからだが沈まない仕組みです。

海は凪いでいるように穏やかで、小魚の群れの影が見えるほど透きとおっていました。日焼けオイルを塗り合っている二人を残して、私はひとあし先に海へ向かいました。娘は日頃から母親にべったりでした。顔を合わせる時間の少ない私には、正直なついているとは思えませんでした。私もそんな娘とどう接すればよいかわからず、どこかで距離を置いていた気がします。ひとりで沖まで泳ぎ、しばらくして浜に揚がって、波間で妻とはしゃぐ娘を遠くから眺めていました。男親なんてそんなものだと決めつけていたのかもしれません。

昼頃になり、食料を調達してくることになりました。私が行ってもよかったのですが、妻は自分が行くと準備を始めました。当然のように娘はついていこうとします。しかし妻は娘に、残るように言い聞かせました。日頃接点のない父親と娘を二人だけにしたかったようです。

岩場を慎重に歩きながら海の家へ向かう妻を二人で見送ったあと、私はビニールシートの上に寝そべりました。娘がもっと遊ぶと言うので、海に入るときは必ず浮き輪をするよう言いつけました。『わかってる』と不機嫌そうに言った娘は、浮き輪を抱えるようにして私のもとから離れていきました。貝でも探しているのか、つま先立ちで波打ち際を行ったり来たりしているその姿が微笑ましく、自分も腰を上げようかずいぶん迷いました。

日差しが強く、目を開いているのが辛いくらいまぶしかったんです。あいにくサングラスは持ち合わせておらず、目を閉じたら瞼《まぶた》の裏に何色もの色が浮かんでは消えました。おそらく寝不足だったんでしょう。バスタオルを顔にかけたとたん、すぐ眠りに落ちました。

『――ただいま』という妻の声で目を覚ましました私は、首を上げましたが、一瞬自分がどこにいるのかわかりませんでした。目の前には真っ青な空と海。波打ち際には娘の姿はなく、海に向かってのびた岩場の近くに見覚えのある浮き輪が浮かんでいました。この日のために私が買った浮き輪でした。

妻が娘の名前を叫ぶのと同時に、私は跳ね起きて走り出しました。海に浮かぶ浮き輪から幼い二本の足が突き出していたのです。裸足でしたが、岩場の上を全力で走りました。そこからはもう無我夢中です。海に飛び込み一目散に浮き輪めがけて泳ぎました。裏返しになった浮き輪から足を外し、抱きかかえて近くの岩場まで運びました。娘はぐったりしていて動きません。ちいさな顔は蒼白でした。声をかけ、からだを揺らすと、紫色の唇の隙間から、盛り上がるようにして海水がこぼれ出ました。急いでからだを横に向け、背中を叩くと、咳き込みながら水を吐き、わっと泣き出したのです。

日に焼けたからだはぶるぶると震えていました。泣きじゃくる娘に、『もうだいじょうぶだよ』と声をかけると、娘は私にしがみつきました。『パパ、パパ』と娘は叫んだのです。

私は娘を抱いて砂浜にもどりました。妻が顔をゆがめるようにして目に一杯涙を浮かべていました。娘は私の腕から、妻の胸に飛び移るようにして抱かれました。もう少し気がつくのが遅かったら、そう思うと今でもぞっとします。

気がつくと足の裏を数カ所、岩で深く切っていました。その手当を妻にしてもらっているとき、娘がやって来て言ったのです。『助けてくれてありがとう。パパは、わたしの命の恩人だね』と。私はもう一度娘を抱きしめました。これから先も必ずおまえを守る。心のなかで誓いました。その日からですかね、私と娘がお互いを認め合うようになったのは」

バーテンダーは言葉を切り、グラスを傾けながら静かに笑みを浮かべた。目尻のしわがいっそう深くなった。

「この酒を飲みますとね、私の場合、口のなかに潮風が吹くんです。その潮風のような香りが、あの夏の日に私を連れていってくれる。海藻の打ち上げられた、あの岩場の海へね。不思議なものです。

——妻も娘も今はこの世にいません。私だけが残っている。七十年近く生きてきて今こうして考えてみても、自分にとって一番印象深いのは、あの日だった気がするんです。私の人生で最高の瞬間でした」

老いたバーテンダーは背筋を伸ばすようにした。

薄幸な人生を送ってきた男のような気がした。家族を亡くし、なにもかも失ったと絶望した瞬間があったのかもしれない。しかし、人は生きている限り、すべてを失うことはない。彼の話はそう物語っている気がした。

それはそのときの私にとって、最も必要としていた話でもあった。バーテンダーの人生で最高の日は、彼という人物をじつによく表している気がした。

私は目の前のグラスの酒を飲み干した。席を立つべきときが来た。バーテンダーに礼を言い、勘定を払おうとしたが、「今夜はけっこうです」と首を弱くふってみせた。それは困ると言っても頑なに拒み、「またのご来店をお待ちしております」と丁寧に白髪の頭を下げた。

店のドアを開き、階段をのぼろうとして顔を上げたとき、思わず目が眩んだ。右手をかざして見上げた先に、乳白色に明けた空が見えた。いつの間にか朝が訪れていた。鉄の手すりにつかまって黒い革靴を持ち上げるたびに、脇腹がずきんと痛んだ。その生きているという証拠に顔をしかめながら、私は一歩一歩階段を上がった。

またひとり、バーに客がやって来た。三十代前半くらい、すらりとした背の高い男だった。この店は初めてらしく、ドアの前で立ち止まり、顔に垂らした前髪を右手でかき上げるようにした。気障《きざ》な仕草にも見えたが、それを許される顔立ちでもあった。

「よう樋口、ひさしぶり」

宮下が大きな声を出した。

樋口と呼ばれた長身のイケメンは表情をゆるめ、私たちのカウンターの反対側に向かった。松本君は椅子から降りて、妙に照れくさそうな表情で迎えた。そして差し出された右手をぎこちなく握りかえし、三人でカウンターに肩を並べた。

「なんだか同窓会みたい」

奈穂さんが言った。

「彼、いい男だね」

「そうですね。でも既婚者です」

「なぜわかる？」

「左手の薬指。してるじゃないですか、指輪」

「チェック済みか、早技だね」

「そんなことないですよ、フツーなことです。それよりどうします？　そろそろ出ますか？」

奈穂さんの声がくぐもった。

その言葉の意味を考えつつ、「じゃあ、次の客が来たらお暇《いとま》しようか」とこたえた。

「先生がまず出てください。すぐに追いかけますから」

「ああ、そうしますかね」

我々は前を向いたまま話した。

長いあいだ忘れていた種類の緊張に、妙な高揚感を覚えた。グラスを傾けて乾いた唇を湿らせる。談笑している松本君たちは、こちらを気にしている気配はない。三人組はすぐに打ち解けたようで、会話に笑いが絶えなかった。なにやら卒業アルバムの話で盛り上がっていた。マスターは背筋を伸ばして、注文を受けたカクテルをいつものようにつくっている。

次の客が来るまでに時間はかからなかった。

た。

「いらっしゃいませ」

マスターの声で視線をドアのほうに移すと、大きな牛革のバッグを肩からかけた女性が入ってきた。この店にしてはめずらしく若い女性客だ。紺のブレザーを着ていて、ちょっとよそ行きな感じの服装をしていた。今夜のバー・ピノッキオは、いつになく客の入りがよかった。

「こんばんは、また来ちゃいました」

初めて見る顔だったが、マスターとは面識があるようだった。

私はマスターを呼んだ。新しい客と入れ替わるように店を出るのは、店が混んできた際にはごく自然な成り行きに映るはずだ。

「あ、思い出しました」

マスターが言うと、若い女は「えっ？」という顔をした。

話の腰を折るかたちになったが、「お勘定ね」と声をかけた。席を立ち、壁に掛けた自分のジャケットに手を伸ばそうとした。

「ほら、なんでしたっけ、あの本？」

マスターは私を無視して会話を続けた。

「『過ぎた日は、いつも同じ昨日』ですか？」

たしかに若い女はそう言った。

奈穂さんが顔を上げ、私を見た。

「これなんですけど」と若い女はこたえ、肩にかけた大きなバッグから一冊の本を取り出した。

「えー、どーして？」

奈穂さんが素っ頓狂な声を上げた。

状況が呑み込めない様子の若い女が、戸惑ったままマスターに向かって言った。

「こちらにお邪魔してから、詳しく調べたんです。著者を知る編集者にも直接会ってきました」

「そうですか」

「ええ、その小説家の特徴を聞いてきました」

若い女は立ったまま、こちらを見て軽く会釈をした。

私はジーンズのポケットから財布を取り出し、飲み代を払おうとした。

若い女は話し続けた。「年齢は四十二歳。神奈川県出身。身長は百七十センチくらい。どちらかと言えば体格は痩せ型。目は眠たげで、やや垂れている。服装は無頓着でたいていの場合、ジーンズにジャケット。髪の毛は自然に伸ばした感じで後ろに流している。ときどき真面目な顔をして、平気で嘘をついたりする。それ自体が妄想家の証拠で、ある意味では小説家としての才能だと言われました……」

「じゃあ、おやすみなさい」

私は片手を上げげた。

「そう、それから、顎鬚をのばしていたらしいんです」

若い女は早口で付け加えた。

「顎鬚ですか？」

「ええ、そうなんです」

マスターと若い女が、同時にこっちを見た。それから奈穂さん。そしてなぜかカウンターの三人組までもが——。

「どうかしたんですか？」

松本君が話に首を突っ込んだ。

「いえ、じつは人を捜してるものですから」

「どなたを？」

「桜木修介という小説家です。名前はペンネームらしいんですが」

ドアノブに手をかけ、店を出ようとすると「あのう」と呼び止められた。

「――ん？」

私は若い女の顔を見たが、やはり見覚えがなかった。

「この人はね、先生。ここでは、そう呼ばれてます」

松本君が余計なことを口走った。

「先生、ですか？」

「いや、ただのあだ名だから」

私は薄笑いを浮かべた。

「失礼ですが、桜木修介さんではないでしょうか？」

若い女が言った。

「その方でしたら」

奈穂さんが口を挟んだ。「もうずいぶん前にお亡くなりになりましたよ」

「ほんとですか？」

若い女の声が高くなり、沈痛な面持ちに変わった。

「ね、先生？」

私はうなずくしかなかった。

「そういえば、先生の名前もシュウスケでしたよね」

松本君が言った。「たしか苗字がクツキ、名前がシュウスケ」

「そうだけど」

「どことなく似てません？」

「え？」

私はジャケットの襟を正した。

「先生は、朽ちる木と書いて、朽木でしたよね」

宮下が言った。

「そうですが」

「苗字としては、少々ネガティブですかね？」

「そうかな。まあ、できれば、もう少し花のある苗字のほうがよかったけどね」と私は言った。

「花か……たとえば？」

「そうだなぁ――」

私が両腕を組んで考えるふりをすると、マスターが口を開いた。

「花は桜木、人は武士、柱は檜《ひのき》、魚は鯛《たい》、小袖はもみじ、花はみよしの、ってね」

「桜、いいねぇー」

私が調子を合わせたとき、「先生っ！」と奈穂さんの声が飛んだ。

「もしかしてさっきの話、全部嘘だったんですか？」

「――嘘？」

「だって先生は、自分の友人が死んだって言ったじゃないですか。それは桜木修介という哀れな男で、本を一冊だけ出して生涯を閉じたって」

「いや、それはちがうんだ。さっきの話は、つまり語りにくいことを伝えるための、いわば方便みたいなものでね。自分の過去と決別するという意味で、死んだことにしたまでですよ。つまり小説で言うところの、ある種の比喩、メタファー」

「じゃあ、桜木修介は生きてるんですね？」

若い女が言った。

私はうなずいた。

「じゃあ、その小説家は今どこに？」

奈穂さんがにらんだ。

「恥ずかしながら、本人です」

白状すると、一斉に非難の声を浴びた。

それから私は、編集者、藤村《ふじむら》佳恵の話を聞いた。彼女は地方都市のとある書店で私の本を偶然手に取り――それ自体がある意味で奇跡だと思うのだが――読後に私を捜していたそうだ。彼女はその経緯を自分自身の体験と共に、詳しく話してくれた。彼女の口からは、私が本を出すときに世話になった編集者、梶山の名前も出てきた。

一昨年、私はたしかに梶山とこの店で会った。その話も出てきたため、嘘はつかずに話すことにした。

梶山が会いに来たのは、私に謝罪するためだった。梶山は私を呼ぶときに、先生という敬称を使った。違和感を覚えたが、呼ばせておいた。

その日、彼の口から出たのは、思いがけない事実だった。拙著『過ぎた日は、いつも同じ昨日』は初版四千部という約束だった。当時の初版としては少ない部数だったがそれもやむを得ず、実際に私は四千部分の印税を頂戴した。金額にして約五十万円。しかし出版前に、ある人物から梶山の勤める出版社に連絡が入り、本の発売を取りやめるよう圧力をかけられたそうだ。梶山は応じなかった。

本の発売直前に再び同一人物から連絡があり、本の買い取りを申し出たそうだ。梶山は初版の内、三千部をその人物に売った。会社としての判断だったと無念そうに漏らした。後日、できあがった三千部を製本所に引き取りに来たのは、断裁業者のトラックだったということだ。おそらく本は断裁所に運ばれ、切り刻まれた後、廃棄された。そのことを隠していたと詫びた。

その事実を聞いて、私は愕然とした。書店に並んだ私の本の冊数は、約千部にすぎなかったのだ。

梶山はその男の素性について語ろうとしたが、私は耳を塞いで拒んだ。すべては終わったことだ。今さらなにを聞いてもしかたない。千部にしろ、私の本は売れなかった。そういうことだ。

梶山が最後に、「先生は、もう書かないのですか？」と訊いたので、「本はもういい」とこたえた。

――そういう話をした。

「なぜ本はもういいんですか？」

彼女はその件について切り返してきた。口調はどこか怒っているようでさえあった。

私はしばらく考えたあとでこたえた。「この世の中には、予想もつかない悪意が知らないうちに芽生え、深く蔓延《はびこ》っている。それは人の夢をも塗りつぶす黒い力を持っている。その力に抗うことは、個人としてはなかなかに難しい。そういうことに気づいたんだ。仕事を辞め、ある意味では人生を賭けたけれど、報われたとは思えなかった。本になっても人に読んでもらえなければ、ただの紙くずでしかない。私は敗れたんだ」

「でも、胸を打たれました」

「それはありがたいと思う。――でもね」

「今はまったく書かれてないのですか？」

「本を出したのは、ずっと前のことだからね」

私は質問にはこたえなかった。

昨夜も夜遅くまで机に向かい、小説を書いていたとは、さすがに口にできなかった。

「今日、ここに来たのは、先生に新作をお願いしたいと思ったからです。それと『過ぎた日は、いつも同じ昨日』をリニューアルして、もう一度仕掛けたいんです。その件については、梶山さんも了承してくれました。やらせていただけませんか？」

カウンターには懐かしすぎる私の本が載っていた。何軒もの書店をまわって、ようやくこの本を一冊、棚のなかに差してあるのを見つけたとき、どんなにうれしかったことか――。

こうして私の本を読み、若い編集者が訪ねてきてくれたことは、とてもありがたかった。

彼女が自分の感性を信じているとしても、それはとても勇気のいることだろう。一度はこっぴどく痛めつけられ、背を向けた世界だけれど、信じられるものがまったくゼロではない。

そう感じた。

「先生は怖いんですよ」

奈穂さんが横から口を挟んだ。「また、自分の本が売れずに失望することが」

編集者はぎょっとした顔を見せた。

「そうに決まってます。先生は大勢の読者を騙《だま》す意気地がないから、バーでひとりさみしく飲んでいる女を騙して喜んでるんだ」

その言葉にはなにも返せず、弁解しなかった。

「チャンスをください」

藤村は言うと、唇を噛むようにした。

「書くしかないでしょ」

半ば命令口調になって、奈穂さんがカウンターをパチンと叩いた。

「先生の本が出たら、ぼく一番に買うけどな」

松本君がへらへらと笑った。

「私も読みたいですね、先生の書いたものを」

マスターがグラスを磨きながらつぶやいた。

一週間後、約束の時間にバー・ピノッキオを訪れた。ひょんな話から、私はまた本を出す機会に恵まれようとしている。これは『過ぎた日は、いつも同じ昨日』という本を書いたからにほかならない。本が結びつけた縁だった。正直に言えば、発表する場がなかっただけで、私は小説を書き続けていた。

まだ早い時間であり、客はいないと踏んでいたのだが、狭い階段を下りてドアを開けたら、奈穂さんと松本君、それになぜか宮下までがいた。

「お揃いで、ずいぶん早いじゃない」

私の言葉に、松本君と宮下は同じような笑い方をした。

奈穂さんはそっぽを向いていた。

編集者の藤村は、同僚の男性編集者を同伴していた。

「処女作のリニューアルについては、こちらのオサムシ……ではなく、塩前修が担当させていただきます」

彼女はやや緊張気味に紹介した。

その日、ひとつ学んだ。バーのカウンターは打ち合わせには向かない。私と二人の編集者は、これから書き下ろす小説について三人並んで話し合った。藤村は小説を書くにあたって、いくつかの提案をしてくれた。私は今回も短編を何本か書くつもりだったのだが、連作短編にしたらどうかと彼女は意見を述べた。

「――なるほど」

「短編が好きな読者ももちろんいますが、長編好きな読者を取り込むという意味でも、よろしいかと。ひとつひとつまったく異なる作品ではなくて、どこかでストーリーがつながっている。たとえば、登場人物になにかしらの共通点があるとか……」

「面白そうですね」

松本君がカウンターの反対側から口を出した。

「それ、いいんじゃない」

宮下がコロナビール片手にうなずいている。

奈穂さんは両肘をついてこちらをにらむようにしていた。

「先生としては、どのような話をお考えですか？」

藤村が訊いた。

「そうですね、市井《しせい》の人と言うんですかね、どこにでもいるような人たちを描きたいですね。ただ、その人たちにとっての特別の話。想像や技巧だけで書くのではなく、かといって自分の経験に頼るだけでは書けるものじゃない。むしろいろいろな人の話に耳を傾けるようにして、書きたいですね」

真面目にこたえたところ、「うまいこと言っちゃって、また嘘かもしれないよ」と奈穂さんの声が聞こえた。あの日以来、奈穂さんは私を嘘つきだと言って、口をきいてくれない。

「先生、なんなら、ぼくの悲惨な初恋の話でも聞かせようか？」

松本君が言うと、宮下が「そりゃいいや」と笑った。

「外野はお静かに」

マスターがたしなめた。


その夜、私は奈穂さんの機嫌が直るまで付き合うつもりだった。打ち合わせが終わり、松本君と宮下は一緒に店を出ていった。カウンターの両端に座った私と奈穂さんは、距離を置いたまま、キャッチボールをするように言葉を交わした。中間地点に立ったマスターはときおり首をすくめ、言葉を避けるようにして仕事をした。


「悪かったと思ってる」

「それって、謝ってるつもりですか？」

「だから、誤解なんですよ」

「あ、また自分を正当化しようとした」

「だからさぁ、小説を書く人間なんて、まともじゃないんだって」

「あーあ、今度は小説家気取りできた」

「ちがうでしょ……」

「どうちがうんですか……」


そんな押し問答が続いた。

午後十一時をまわったとき、マスターがバーテンダーとしてあるまじきことだが、大きなあくびをすると言った。「お二人さん。続きは、よそでやってくれませんか？」

しかたなく私と奈穂さんは店を出た。

「どうする？」

「どうします？」

我々は落ち着ける場所を探して夜の街をさまよった。

ピノッキオの階段を滑り落ち、マスターに介抱されることになったあの日、私は偶然訃報を知った。亡くなったのは、共に小説家を目指していた友人だった。突然の彼の死に大きく動揺した。なにかのまちがいではないかとさえ勘ぐったくらいだ。しかし、それは事実だった。

私は人生の不可解さを味わった。なにもかもうまくいっているように見えた彼がこの世を去り、なにもかも失ったと悲観していた私がこうして生きている。彼がいったいどんな闇に呑み込まれ、自ら命を断ったのかは、私にはわからない。あの夜、通夜振る舞いの席で偶然顔を合わせた元同僚が、そっと耳打ちした。「あの人、裸の王様だったんですよ」

私はその夜、生前付き合ってやれなかった埋め合わせをするように、学生時代、彼と一緒によく酒を飲んだ居酒屋を皮切りに、二軒、三軒とはしご酒をした。競い合うようにして本を読み、本の批評をし合った頃が懐かしかった。本当はあいつも小説を書き続けたかったんじゃないか、そんな考えがふと頭をよぎった。

ともかく、私は生き残った。

そして、今も小説を書いている。

これから書く原稿が、私の二冊目の本となって書店の棚に並んだ日、おそらく私の最高の日は更新される。

人は、自分にとって最高の瞬間を更新するために生きているのかもしれない。あるいは、人にはそれぞれ人生で最高の瞬間があって、その日の記憶を、明かりや杖として、困難な人生を歩き続けるのだろうか。

私は次の小説では、ある場所に集う人々のストーリーを書くことにした。最初の短編のタイトルはもう決まっている。『ぼくの最高の日』。これでいくことに決めた。

この作品は二〇一三年七月実業之日本社より刊行された
『ぼくの最高の日』を加筆、修正のうえ改題したものです。

ようこそ、バー・ピノッキオへ

はらだみずき

平成29年4月15日　初版発行

発行人——石原正康
編集人——袖山満一子
発行所——株式会社幻冬舎
〒151-0051東京都渋谷区千駄ヶ谷4-9-7
電話　03(5411)6222(営業)
　　　03(5411)6211(編集)
振替00120-8-767643
印刷・製本——中央精版印刷株式会社
装丁者——高橋雅之

検印廃止

幻冬舎文庫

ISBN978-4-344-42597-2　C0193　は-29-2

幻冬舎ホームページアドレス　http://www.gentosha.co.jp/
この本に関するご意見・ご感想をメールでお寄せいただく場合は、
comment@gentosha.co.jpまで。